엄마는 개인주의자

엄마는 개인주의자

초 판 1쇄 2023년 11월 21일

지은이 채승희
펴낸이 류종렬

펴낸곳 미다스북스
본부장 임종익
편집장 이다경
책임진행 김가영, 신은서, 박유진, 윤가희, 윤서영, 이예나

등록 2001년 3월 21일 제2001-000040호
주소 서울시 마포구 양화로 133 서교타워 711호
전화 02) 322-7802~3
팩스 02) 6007-1845
블로그 http://blog.naver.com/midasbooks
전자주소 midasbooks@hanmail.net
페이스북 https://www.facebook.com/midasbooks425
인스타그램 https://www.instagram/midasbooks

ISBN 979-11-6910-392-3 03810

값 18,500원

엄마는 개인주의자

엄마이지만

자신을 잃고 싶지 않은

당신에게

채승희 지음

미다스북스

들어가며

어느 작가가 자기 안에 생각이 차고 넘쳐 쓰지 않을 수 없었다고 했습니다. 처음 그 말을 들었을 때 저것은 과연 어떤 상태이고, 그녀는 어떤 심정이었을까 궁금했습니다.

아이를 키우면서 해마다 새로운 도전과제에 부딪히고 쉽지 않은 시간을 보냈습니다. 누구에게 시시콜콜 다 말할 수 없지만 그래도 말하고 싶은 것들이 쌓여갔습니다. 말로는 할 수 없는 감정과 생각, 경험의 덩어리들이었습니다. 저도 더 이상 쓰지 않으면 버티기 힘든 상황에 이르게 되었습니다.

초등 교사로 발령받은 이후 교직생활 9년 6개월, 육아휴직 7년을 하고 있습니다. 사실 휴직이 하고 싶어서 한 적은 한 번도 없었습니다. 밖에 나가서 일하고 사회 구성원으로 인정받으며 스스로 밥벌이를 하는 것이 좋았습니다. 학교에서 일과를 마친 후, 컴퓨터를 끄고, 교실 문을 닫는 순간이 저에게 작은 만족을 주었습니다. 5년 만에 복직하고 다닐 만하니까 또 휴직을 해야 할 때는 고민이 많았습니다.

가정에서 저의 역할도 중요했습니다. 언제까지 어릴 줄만 알았던 아이들이 정말 빨리 커나갔습니다. 정신없이 살다가 어느 날 갑자기 아이들이 성인이 되어 있을지도 모른다는 생각이 들었어요. 아이 손을 잡고 천천히 걸을 때, 아이의 작은 손이 주는 느낌은 강렬했습니다. 썸 타던 남자랑 처음 손을 잡을 때만큼 기분이 좋았습니다. 그 손을 잡을 수 있을 때 꼬옥 잡아야 했습니다.

결혼을 하고 싶다고 생각한 적도 없었고 아이를 낳고 싶다고 생각한 적도 없었습니다. 어쩌다 보니 결혼도 비교적 일찍 했고 아이도 셋이나 낳았습니다. 어렸을 적, 제가 생각한 어른이 된 나는, 사회적으로 성공하고 사람들로부터 인정받는 커리어 우먼이었습니다. 마흔 정도 되면 걱정할 것도 없고 우아하게 살 줄 알았습니다. 돈 걱정 같은 것은 전혀 예상도 못 했고, 하고 싶은 것을 하면 다 되는 줄 알았어요.

결혼을 하고 아이 셋을 키우면서 제가 엄마가 되기에는 너무 부족한 사람이라는 것을 알게 되었습니다. 저는 불안이 높고 예민합니다. 좋은 것보다 싫은 것이 많습니다. 혼자만의 시간과 공간이 필요한 내향인이자 개인주의자이고요. 저 같은 사람은 아이 키우기에 적합하지 않은 것 같았습니다.

친구와 전화 통화를 하면서 책의 제목은 『엄마는 개인주의자』라고 했습니다. 통화 말미에 친구가 이렇게 말했습니다. "책 제목이 엄마는 이기주의자?" 저는 "아니, 개인주의자라고! 개인주의와 이기주의는 다른 거야."라고 대답해 주었어요.

개인주의는 집단이나 타인으로부터 자유로우며 자신의 욕망과 감정에 솔직한 것입니다. 자신의 의견을 가지고 어떻게 살 것인가를 분명히 아는 것입니다. 나 자신이 내 삶과 도덕적 판단의 주체가 되는 것입니다. 개인의 목표를 위해 수단과 방법을 가리지 않고 남에 대한 배려와 책임이 없는 이기주의와는 다릅니다. 이기주의도 남에게 피해만 주지 않는다면 나쁜 것은 아니지만 굳이 구분하자면 이렇게 말할 수 있습니다.

저는 그동안 스스로의 욕망과 감정에 솔직하지 못하게 살아왔습니다. 욕망을 억제하고 다른 사람의 눈치를 보고 남들이 하는 것을 따라 하며 산 것 같아요. 아이를 키우고 나이를 조금씩 먹어가면서 알게 되었습니다. '나는 개인의 시간과 공간이 꼭 필요하고 타인과 집단으로부터 자유롭고 싶은 사람이구나.'

이 책은 엄마가 되기에는 여리고 약한 한 사람이 일상에서 부딪히고 깨지며 한 걸음씩 나아가는 이야기입니다. 아무에게도 할 수 없었지만 누군가에게는 꼭 하고 싶었던 말들입니다.

아이 한둘 키우는 유명인이 쓴 육아 에세이는 있지만 아이 서넛 키우는 저 같은 평범한 사람이 쓴 책은 별로 없는 것 같았습니다. 아들 키우는 어려움에 대한 이야기는 많지만 딸 키우는 어려움에 대한 이야기는 또 별로 없는 것 같았고요. 그래서 제가 직접 써보고 싶어졌습니다. 일상과 사실에 기반하여 솔직하게 쓴 글입니다. 부디 이 글을 읽는 독자에게 작은 공감과 위로가 될 수 있기를 바랍니다.

목차

2. 매일 흔들리며 나아갑니다

3. 인생은 원래 달콤하고 슬프니까요

4. 돈, 그 엄중함에 대하여

5. 개인주의 엄마의 취향

1.

아이가 있으면
행복할까

아이를 안 낳고 싶었습니다

저는 아이를 안 낳고 싶었습니다. 결혼도 안 하고 싶었고 한다면 늦게 하고 싶었어요. 결혼을 하더라도 애는 안 낳고 싶었고요. 결혼도 비교적 빨리했고 애도 셋이나 낳은 사람이 하기에는 좀 민망한 말이지만 정말 그랬습니다. 저는 스스로가 별로 마음에 들지 않았거든요. 그래서 아이를 낳고 싶지 않았어요. 내가 나를 안 좋아하니 내 몸에서 나를 닮은 아이가 나오는 것도 싫었습니다. 내 한 몸 건사하기도 피곤한데 애를 낳으면 많은 부분을 희생해야 하고 아이에 대한 무한 책임을 져야 한다는 것도 부담스러웠습니다.

아이 친구 엄마가 그러더라고요. 한국 사회에서 결혼을 안 한다는 것, 특히 결혼을 했는데 아이를 낳지 않는 것은 120%의 확신이 필요하다고요. 7, 80% 정도의 결심으로는 어림도 없다고요. 저는 아이를 낳고 싶지 않은 마음이 대략 70% 정도였던 것 같습니다. 강단이 부족했어요.

남편이 '그래도 아이 하나는 있어야 하지 않을까?' 하며 원했고 양가 부모님은 당연히 아이를 가져야 한다고 생각하셨지요. 결혼하고 2년 후에 첫아이를 임신하게 됐는데 그 사이에 왜 안 생기냐고 묻기도 하시고요. 시가에서는 조심스러워 에둘러 말씀하셨지만 친정에서는 저를 몇 번 한의원에 데리고 가셨습니다.

제가 결정적인 순간에 부모님 뜻에 따르는 사람이기는 하지만 이건 좀 다른 문제였습니다. 부모님이 낳는 것도 아니고 내가 내 몸으로 내 새끼 낳는 일입니다. 부모님이 원한다고 아이를 낳을 수는 없잖아요. 키워주실 건가? 양육비를 많이 주실 건가? 그런 것도 아닌 것 같은데 말이죠 (결국 저희 엄마께서 첫째를 2년 정도 키워주셨습니다).

결혼하고 1년 이상 지난 후부터는 직장에서도 묻는 분들이 있었어요. '자연임신이 안 되는 거냐, 언제 아이 가질 거냐'고요. 저 역시 '결혼을 했으면 아이를 낳아야 하는 거 아닌가?'라는 생각이 없었던 것은 아니에요. 세상이 그래야 한다고 하고 다른 사람들도 거의 다 그렇게 사니까요. 내가 뭐 잘 났다고 남들이 다 하는데 안 하냐, 남들이

다 하는 데는 이유가 있을 거 아니냐, 내 뜻을 밀어붙일 힘이 있느냐, 사실은 나도 아예 아기를 낳기 싫은 것은 아니지 않나, 생각이 복잡했습니다. '그렇다면 피하지는 말아 보자.'라는 태도로 있다 보니 첫째가 자연스럽게 생겼습니다.

시간이 많이 지나서 잊어버리고 있었는데 20대 후반의 저는 지금 보면 '아니, 어떻게 저런 생각을……!' 싶은 편견을 가지고 있었습니다. 제가 20대 후반이면 15년 전인데요. 30대 초반(후반이 아니라 초반)의 결혼 안 한 선생님들을 보면서 왜 '아직' 결혼을 안 하는지 궁금하고 약간 안돼 보인다고 생각했던 것 같아요. 지금 보면 어처구니가 없는 생각인데 그때는 그랬어요.

저보다 두 살 많은 선생님이 한 분 계셨습니다. 나이 차이는 얼마 안 나도 결혼을 해서 굉장히 어른처럼 느껴졌어요. 그분을 보면서 '왜 아이를 안 갖지?', '어디 문제가 있는 건가?' 하는 생각을 했었습니다. 결혼도 안 하겠다, 아이도 안 갖겠다, 하면서도 저 역시 결혼을 하긴 해야 하고 결혼을 했으면 아이도 있어야 한다는 뿌리 깊은 고정관념을 가지고 있었던 거예요.

이제부터 전쟁이다!

육아의 고단함을 말해 뭐 하겠습니까. 매일 인내심의 한계를 체험하고 '나는 누구? 여긴 어디?' 같은 기분이 들 때도 있습니다. 아이를 낳기 전, 선배들이 인생에서 가장 어려운 일이 아이 키우는 것이라고 했을 때 '설마…….' 했습니다. 그런데 사실이었어요. 육아에 지친 사람들은 육아에 관한 영상이나 글까지 쳐다보기도 싫을 것 같습니다. 저 같은 경우 아이 키우는 프로그램이나 드라마에서 누가 울면 채널을 돌립니다. 이미 징글징글하게 겪었고 현재도 진행 중인데 화면에서까지 봐야 하나요.

겪어보지 않으면 모를 그 신세계. 신체적, 정신적으로 무엇을 상상하든 그 이상인 피곤한 세계가 육아의 긴긴 터널이라고 말하고 싶습니다. 그 터널을 지나온 사람들은 말 안 해도 알 것이며 지나오지 않은 사람들은 말해도 모릅니다.

이 글을 쓰고 있는 시점이 여름인데 한 가지 예시를 들어보자면 이렇습니다. 첫째는 알아서 화장실에 가지만 둘째와 셋째가 아직 기저귀를 차던 시절, 한 놈이 똥을 싸면 꼭 다른 한 놈도 똥을 쌉니다. 한여름에 덥고 습한 공기 속에 지독한 냄새가 훅 들어옵니다. 물티슈로 대충 닦은 후, 들어 올려 안고 땀을 줄줄 흘리며 씻깁니다. 그러고 나서 기다리고 있던 다른 한 놈을 씻깁니다. 두 번째 녀석을 바닥에 세워놓고 샤워기로 씻겨놓으면 먼저 씻겨놓은 놈이 다 벗고 돌아다니다 넘어져서 웁니다.

셋째는 기저귀에 똥을 질질 폭탄으로 싸놨고(아이는 똥을 정말 자주 쌉니다. 아이가 셋이니 그 횟수가⋯⋯), 둘째는 장난감을 바닥에 쫙 깔아놨으며, 첫째는 혼자 잘 놀 수도 있고 운이 없으면 원인 모를 짜증을 내고 있습니다. 이유식은 밥솥에서 김을 뿜으며 돌아가고 저는 4시간밖에 못 잔 상태. 뭐 이 정도.

아이 셋과 밖에서 자고 오는 외출은 슬쩍 과장하여 군사작전이나 피난길 떠나는 느낌으로 준비해야 했습니다. 필요한 물건을 엑셀에 정리하여 출력하고 볼펜으로 밑줄을 그으며 체크합니다. 남편과 저는 각자 등에 메고, 어깨에 메고, 손에 들고, 손가락으로 아이 손을 잡습니다. 아이 하나여도 정신이 없는데 애 셋이니 준비가 철저해야 합니다.

아이들이 지금보다 더 어렸을 때 남편이 출근하는 주말에는 애 셋을 혼자 볼 생각에 아침에 눈뜨기가 싫었습니다. 가슴이 답답하고 남편이 너무 미웠습니다. 그래도 그것을 해냅니다. 뭐 어쩔 도리가 없죠. 정말 힘들었습니다.

그 고단함의 나열은 생각하는 것만으로도 지칩니다. 그때는 극한 육아의 시기만 거치면 아이들은 알아서 자기 할 일을 잘하고 걱정할 게 없을 줄 알았어요. 하지만 그런 건 없었습니다. 아이들이 크면서 각자의 개성에 맞게 크고 작은 걱정거리와 도전과제를 던져주었습니다.

아이가 크면 덜 힘들 거라 기대했습니다. 아니, 사실은 대강 알고 있었습니다. 내 돈, 내 시간, 내 에너지를 팍팍 써야 한다는 것, 그렇다고 애가 잘 되는 것도 아니고, 부모한테 감사하는 것도 아니고, 심지어 버릇없이 굴기도 한다는 것을요. 그래도 신체적으로 덜 힘들고 예쁜 마음이 더 크지 않을까 하고 막연하게 기대했던 것 같아요. 그렇지 않고서는 역사의 그 긴 시간 동안 거의 대부분의 사람들이 아이를 낳고 키울 수는 없잖아요. 얼마나 힘든지 알면 안 할 것 같으니까 일부러 안 알려주는 건가 싶습니다.

아이가 크니까 이상하게 더 힘들어집니다. 아이가 어릴

때는 신체적으로 무척 힘들잖아요. 선배맘들에게 물어보고 다닙니다. "애가 크면 좀 나아져요?", "몸은 덜 힘든데 애가 크면 더 힘들어." 아니, 이게 무슨 말인가요. 뒤통수를 맞고 비틀거리는데 앞 통수까지 맞은 기분입니다.

그 말이 맞더군요. 신체적인 육아의 터널을 나올 때쯤 이제는 정신적으로 힘들어집니다(중·고등학생 부모님들은 또 '어나더 레벨'을 경험하시더라고요). 유치원이나 학교에서 친구들과는 사이좋게 지내는지, 선생님하고는 어떤지, 공부는 왜 못하는지, 왜 안 하는지, 나는 받아쓰기도 혼자 공부하고 100점 맞았는데 너네는 왜 못하는지, 정신적 스트레스가 이어집니다. 그리고 아이는 점점 엄마한테 버릇까지 없어집니다.

첫째 아이 키우는 게 너무 힘들었습니다. 갓난아기 때는 밤새 울고 잘 먹지 않았습니다. 자주 아프고 작은 소리에도 깨고 낮잠을 자고 일어나면 30분 이상 온몸을 비틀며 울었습니다. 5, 6세쯤에는 저에게 장난을 많이 치고 집안일 하는 데 방해를 하며 쫓아다녀서 아이에게 화도 많이 냈습니다. 지금 생각해 보면 5세 때 처음 동생을 보고, 7세 때 동생이 또 생겼으니 첫째도 스트레스가 심했을 거예요.

집착하다시피 엄마를 좋아하던 아이에게 감당하기 힘든 일이었을 겁니다.

첫째 아이와 저는 둘 다 예민해서 부딪히는 일이 많았습니다. 저의 취약한 곳을 가장 잘 알고 건드리는 아이도 첫째였지요. 3학년부터는 버릇없는 태도가 문제로 드러나기 시작했습니다. 4학년까지도 밤에 잠을 잘 못 자고 큰 소리로 울고 짜증 내는 일로 갈등이 많았습니다.

그런 큰아이가 벌써 초등학교 6학년이 되었습니다. 내 아이가 초등학교 6학년이라고? 내년에 중학생이 된다고? 아이들이 어린이집이나 유치원에 다닐 때, 초등학교 저학년일 때만 해도 아이가 중학생인 학부모들이 높은 산처럼 대단해 보였습니다. 아이를 그만큼 키워냈다는 것이 신기하고 멋있었어요. 나도 곧 중학생 학부모가 된다니! 20대 때 '나는 절대로 40대가 되지 않을 것'이라고 생각했던 것처럼 내 아이는 그냥 귀여운 아이일 줄만 알았습니다. 그리고 이제 마냥 어리지 않은 아이와 저는 새로운 갈등에 처하게 되었습니다.

어느 날, 밤 10시에 학원이 끝나는 아이를 데리고 운전해서 집에 오는 중이었습니다. 제가 운전하는 중에 아이가 제 핸드폰을 보는 것 같았습니다. "엄마 핸드폰 보지 마라." 했더니 "아, 진짜 왜 그래요. 엄마 때문에 못 살겠어. 내 거 봤지 엄마 거 안 봤다고요!" 하면서 짜증을 냈습니다(너무 버릇이 없어서 존댓말을 하게 했습니다). 황당하고 놀랐습니다. 그게 그렇게 화낼 일인가……. 평소에 아이는 제 핸드폰을 그냥 가져다 봅니다. 자주 보는 것 같아 엄마 핸드폰 보지 말라고 말한 것뿐인데, 화낸 것도 아니고 그냥 말했을 뿐인데, 나 때문에 못 살겠다니. 아이가 본 것은 본인 핸드폰이었고 제 것이 아니긴 했습니다. 그래도 이건 너무 하지 않나요. 청소하고 밥하고 치우고 빨래 널고 빨래 개고 애들 데려오고 데려다주느라 바쁘고 피곤한데, 밤 10시에 끝나는 너를 데리러 왔는데, 나 때문에 못 살겠다고?

하지 말라는 행동을 눈앞에서 반복하며 할 때도 부아가 치밉니다. 동생과 싸우다가 동생을 때려서 혼이 날 때, 본인이 억울하다고 느낄 때 큰 소리로 웁니다. 저는 그 소리가 너무 듣기 싫습니다. 목 뒤가 뻣뻣하게 서고 숨이 막히고 머리에 피가 쏠려 터질 것 같아요. 울 수는 있지만 계속, 크게 우는 건 듣기 괴롭습니다. 길바닥에 주저앉아서 울 때도 있어요(6학년인데……). 그럴 수도 있지요. 저도 어렸을 때 엄마 들으라고 더 악을 쓰고 울었던 적이 몇 번 있어요.

이제 내가 엄마가 되어 내 아이의 울음소리를 듣습니다. 엄마를 미치게 하는 소리죠. 그 자리를 피하면 나중에 또 제 앞에 와 말하면서 울어요.

누군가 나를 무시한다고 생각될 때 저는 가장 기분이 나쁜 것 같습니다. 하지 말라는 행동을 아이가 버릇없는 태도로 계속할 때 저를 무시하는 거라고 여겨지나 봅니다. 그 울음소리가 정말 참기 힘듭니다. 아이는 그것을 알고 일부러 더 그럴 때가 있어요. 의도하지 않을 때도 역시 그 부분을 파고듭니다. 아이는 본능적으로 엄마의 약한 부분을 알고 있는 것 같습니다.

드디어 정신과에 가다

'이러다 뭔 일 나겠다.' 운전하는 중에 제가 아이에게 아주 크게 화를 낸 적이 있습니다. 한 손으로 운전대를 잡고 한 손으로 아이를 잡고 흔들었어요. 소리를 지르며 미친 듯이 화를 냈습니다. 첫째를 학원에서 데리고 나오는데 아이가 "왜 이렇게 늦었어요?" 하고 따지는 말투로 물었습니다. 그 말에 대답을 하고 싶지 않은데 아이가 계속 말을 걸어왔습니다. 차 안에서 이러저러해서 늦었다고 말하다가 저의 감정이 점점 고조되어 터진 것이었습니다.

첫째 아이를 학원에 데려다주고 집에 와서 밥 먹은 거치우고, 쌓여 있는 빨래 개고, 둘째와 셋째 데리고 놀이터에서 놀다가 시간이 다 돼서 급히 들어왔습니다. 아이들 간식 챙겨주고 첫째 아이를 데리러 갔습니다. 늦을까 봐서둘러 갔는데 아이에게서 그런 말을 들었던 거예요. 사실

그날 몇 분 늦었습니다. 많이 늦은 것도 아니에요.

아이는 제가 일찍 도착해서 학원 앞에서 기다려주길 바랍니다. 다른 부모님들은 주차하고 내려서 학원 앞에서 아이를 기다리기도 하거든요. 그게 부러웠나 봅니다. 아이의 학원 수업은 3시간인데 그 시간이 무척 빨리 흘러갑니다. 집안일하다 보면 내가 시계를 잘못 봤나 싶을 정도로 갑자기 1시간씩 훅훅 지나가 있을 때가 많아요.

아이로부터 그 말을 들었을 때 폭탄처럼 터질 것 같기도 하고 얼음처럼 꽁꽁 얼어버릴 것 같기도 했습니다. 나는 이렇게 아등바등하다 너를 데리러 왔는데 내가 들어야 하는 말은 왜 이렇게 늦게 왔냐는 타박이라니……

다행히 그날 운전하는 중에 사고 없이 집에 도착했습니다. 하지만 분명히 위험한 상황이었습니다. 이러다가 언젠가 무슨 일이 날 것 같았습니다. 가만히 관찰을 해보니 제가 이렇게 감정을 주체할 수 없을 때는 거의 생리 일주일 전이었습니다. 생리 전 증후군이라는 것을 특별히 느끼지 못했었는데 셋째를 낳고 증상이 나타났습니다. 평소에는 그냥 참고 넘어갈 일도 그때쯤에는 감당할 수 없을 만큼 화가 났습니다. 가만히 놔두면 감정이 밖으로 나오지 않았을지도 모릅니다. 특정 말과 행동이 제 마음속 한 부분을 건드렸습니다. 아마도 저의 가장 예민한 부분이겠지요. 그리고 연약한 아이에게 여과 없이 그 감정을 쏟아냅니다. 저를 가장 크게 자극하는 것은 큰아이였고 저도 평상시 보다 더 날카롭게 반응했습니다.

사실 지난 몇 년 동안 제가 극도로 화를 낸 적이 몇 번 있었습니다. 평소에 억눌렀던 감정이 꺼지지 않은 불씨처럼 마음속에 남아 있다가 얇은 종잇조각이 그 불씨에 떨어지면 다시 살아나 타올랐습니다. 그 억눌렸던 감정은 아마도 끝없이 이어지는 육아의 굴레, 나에게만 강요하는 것 같은 변화와 희생이었던 것 같습니다.

아이들도 예쁘고 돌아갈 직장이 있고 남편 덕분에 휴직하면서 여유 있는 시간을 보낼 수 있는 것에 감사했습니다. 그런데 어쩐지 마음 한구석에는 답답하게 꼬여 있는 실뭉치가 있는 것 같았어요. 제가 선택했고 책임져야 할 일이라는 것을 압니다. 남편 또한 회사뿐 아니라 집에서도 집안일과 육아로 힘들었을 테고요. 그렇지만 아이를 임신해서 배가 불룩해지고 고통 속에서 아이를 낳고 몸이 변하고 직장을 쉬어야 하는 것은 저였습니다.

남편에 대한 미움과 불만, 질투가 아이를 향해 표출되는 것 같기도 했습니다. 남편은 본인의 몸으로 아이를 낳는 것도 아니고 회사에서 휴직을 하는 것도 아니었습니다. 아이는 같이 만들었는데요. 아이 셋, 혼자서 키울 자신이 없으니 육아휴직을 잠깐 해보는 것은 어떠냐고 했을 때 그는 묵묵부답이었습니다.

저도 밖에 나가서 일하고 돈도 벌고 집에서 당당히 분리되고 싶었습니다. 제가 5년간의 휴직을 마치고 학교로 돌아가 근무했던 2년 동안은 그런 분노가 일어나지 않았어요. 정신적으로나 신체적으로 집과 육아로부터 완전히 벗어나는 시간이 필요하다는 것을 그때 느꼈습니다. 복직 후 2년 근무하고 현재는 다시 2년 동안의 휴직이 이어지고 있습니다.

휴직이든 복직이든, 육아든 남편이든, 주변 상황이 나를 위해서 척척 돌아갈 수는 없잖아요. 내가 원하는 데로만 하고 살 수도 없고요. 뭔가 대책을 세워야 했습니다. 조절 안 되는 감정 때문에 아이와 나 자신을 더 이상 아프게 하고 싶지 않았습니다. 다음에 또 이런 일이 일어나지 않도록 장치를 만들어야 했습니다. 드디어 정신과에 갔습니다.

사실 정신과에 진작부터 가고 싶었습니다. 피부과 가듯,

안과 가듯 가는 곳이라고 생각하면서도 거부감이 있었던 것 같아요. 한 동네에서 오래 살았고 그 동네에 있는 학교에서 근무하다 보니 아는 사람이 많았습니다. 어디를 가든 아는 사람을 꼭 만났어요. 마트는 물론이고 상당히 떨어진 아웃렛에 가도 아는 사람이 있었어요. 층간 소음으로 윗집과 사이가 좋지 않았는데 원수는 외나무다리에서 만난다고 꼭 그 사람한테 들킬 것만 같았고요. 그런 핑계로 정신과에 대한 거부감을 포장하여 병원 가기를 미뤘습니다.

내 의지와 행동 교정으로 아이와의 관계를 개선할 수 있다고 믿고 싶었습니다. 일단 심리 상담을 다녀보기로 했습니다. 주로 저 혼자 상담을 받았고 몇 번은 아이와 같이 갔습니다. 누군가 내 말을 전적으로 들어주는 것은 저에게 꼭 필요한 일이었습니다. 상담 과정에서 제가 어떤 사람인지 알아갈 수 있었습니다. 하지만 아이와의 관계 개선이나 저의 감정 조절에는 큰 영향이 없었어요.

차 안에서 아이에게 크게 화를 낸 일이 있었던 작년 말, 정신과에 가서 상담을 받고 약을 처방받았습니다. 정신과 의사선생님이 저의 긴 이야기를 끝까지 듣고 현재 상태를 설명해 주셨습니다. 생리 일주일 전부터 약을 먹었고 약효는 확실했습니다. 아이와 싸우고 상처를 주고받는 일이 줄었습니다. 물론 여전히 서로 속 터지게 합니다. 하지만 지난 몇 년 동안 생리 일주일 전에 어김없이 튀어나왔던 대폭발의 횟수와 강도가 약해졌어요.

정신과에 가서 상담 받은 일은 육아를 하면서 잘한 일들 중에 하나입니다. 앞으로도 계속 도움 받을 생각이고요. 셋째 낳고 난 직후에도, 분명 산후우울증이었는데 병원에 가지 않았던 제가 미련했습니다. 이제는 현대를 사는 성인 중에 정신과에 가지 않는 사람이 있다는 게 신기하고 대단해 보입니다. 감기에 걸리면 병원에 가는 것처럼 정신과에 가는 거라고 주변에 설파하고 다닙니다.

그런데 이미 많이 다니고 계시더라고요. 괜히 남의 눈치 보며 망설이고 가족에게 상처 준 시간이 아까웠습니다. 인간의 의지가 참으로 나약하다는 것도 다시 한번 느꼈고요. 호르몬의 문제를 내가 의지로 이겨낼 수 있다고 생각한 것이 가소로웠습니다. 시력이 떨어졌으면 안경을 맞추고, 넘어져서 인대가 늘어났으면 병원에 가서 치료를 받아야 하는 것과 마찬가진데 말이죠.

그렇게 정신과에서 상담 받고 약을 먹으며 아이를 키우고 있습니다. 어렵고 괴로운 순간이 많지만 그래도 개선할 수 있는 방법이 있어 다행입니다.

막내가 작년 말에 사고 강박 증세를 보였습니다. 6세 아이가 저에게 이런 말을 자주 했습니다. "할머니 엉덩이를 칼로 찌르는 생각이 나요.", "경찰이 와서 잡아갈까 봐 걱정이 돼요.", "차가 부딪혀서 엄마, 아빠가 죽는 생각이 들어요."

저는 그런 생각이 들 수도 있다고 했지만 남편은 이런 증상을 심상치 않게 보았어요. 소아정신과에 예약을 하고 남편과 저, 막내, 셋이 함께 병원에 갔습니다.

신기하게도 아이가 약을 몇 번 먹고 사고 강박 증세가 사라졌습니다. 약도 계획했던 10개월보다 빨리 끊었어요. 8개월 동안 먹고 치료를 종료하게 되었습니다.

그런데 이런 증세가 사춘기가 되면 다시 나타날 수 있다고 합니다. 안 나타날 수도 있지만 나타날 확률이 무척 높다고 해요. 그 불안과 강박이 어떤 형태로 나타날지는 모른다고 하셨습니다. 의사선생님은 이런 말씀도 하셨어요. 엄마가 힘들어서 아주 겸손한 사람이 될 거라고요. 그 말을 듣고 온 날, 한없이 우울했습니다. 우리 집에는 이미 빌런이 있는데 그보다 더 강력한 빌런이 또 나올 수 있다니요. 그런 선고를 듣고 '허허, 애 키우는 건 그런 거지.' 하며 넘길 만한 내공은 제가 아직 갖추지 못했어요.

다음 상담 때 선생님께 저의 이런 심정을 말씀드렸습니다. 선생님 말씀을 듣고 계속 마음이 불편했다고요. 선생님은 솔직하게 말해줘서 고맙다고 하셨어요.

인생을 살면서 누구나 반드시 정신적으로 힘든 시기를 거친다. 어릴 때나 사춘기 때 그런 과정을 겪지 않으면 3, 40대에 나타난다고 하셨습니다. 정신적으로 세게 한 번 아프지 않고 사는 사람은 이 지구상에 없다고요. 그 말씀이 위로가 되었습니다. 아이가 사춘기 때 힘들어하면 엄마가 얼른 알아채고 다시 찾아오라고 하셨습니다. 저의 마음이 한결 가벼워졌습니다.

집에 올 때 버스를 탔습니다. 내리기 전에 하차 벨을 누르며 막내가 즐거워합니다. 아이의 웃는 모습이 사랑스럽습니다. 저는 여전히 아이 엄마이고 아이는 이렇게 귀엽고 건강합니다. 아이에게 강박이 있든 없든 내가 아이 엄마라는 사실은 변하지 않습니다. 아이 손을 잡고 걸으며 다짐했습니다. 지금 이 순간에 감사하며 오지 않은 일을 미리 두려워하지 말자고요. 내가 현재 할 수 있는 일은 아이의 손을 잡고 웃어주는 것이었습니다.

사서 고생할 필요는 없다

아이가 있으면 행복할까요? 글쎄요. 아이가 있다고 행복한 건 아닌 것 같습니다. 아기를 키우는 몇 년간은 거의 다 포기해야 해요. 먹고 자고 화장실 가는 기본적인 것조차도요. 아이가 커도 아이에 대한 책임과 걱정이 머릿속 반절 이상을 차지하고 있습니다. 가슴이 답답할 때도 많아요. 좋을 때도 있지만 안 좋을 때가 더 많습니다.

세상 일이 다 그렇잖아요. 행복은 순간이고 반절은 그럭저럭 살고 나머지 반절은 괴로운 것 같아요. '아이를 좋으려고만 키우냐, 사람 사는 게 다 그런 거지.'라고 하신다면 어느 정도 부모가 될 준비가 되어 있는 겁니다. 이미 낳아 키우신 분이라면 아이를 충분히 잘 키워내신 분일 거고요.

아이로 인한 기쁨보다 괴로울 때의 깊이와 빈도가 훨씬 더 강하게 느껴집니다. 아이를 키우려면 기본적으로 내가 하고 싶은 것은 못한다고 봐야 합니다. 하기 싫어도 해야 하는 것들이 많아집니다. 밥은 그냥 시켜 먹거나 그것마저 귀찮으면 안 먹고 싶은데 아이들이 있으면 그럴 수가 없잖 아요. 아이들 등교 준비하는 거 도와주고 밥 차려주고 치 워야 합니다. 저녁때도 마찬가지고요.

저는 손이 느린 데다 일머리도 없는 건지 식사 준비하고 (요리라는 것을 안 하는데도) 먹고 치우는 데 시간이 꽤 오 래 걸립니다. 다 끝나고 나면 소파에 털썩 주저앉아 잠깐 이라도 멍하니 있어야 해요.

아이들이 어릴 때는 어린이집 보내기 전에 말 그대로 손 으로 떠먹여 주고 씻기고 옷을 입혀줍니다. 그런데 꼭 외 출하려고 하면 똥을 싸요. 그럼 옷을 다 벗겨서 씻겨주고 다시 입힙니다. 헉헉. 그나마도 여름옷이면 간단한데 겹겹 이 두껍게 입는 겨울이라면……. 하……. 매일이 서바이벌 게임 같아요.

이제 아이들이 초등학생이고 유치원에 다니다 보니 전 보다 나아지긴 했습니다. 하지만 아이들이 더 어렸을 때는 그걸 어떻게 했는지 제 스스로 대견할 정도입니다. 운동이 나 공부를 하고 싶은데 못 하고 친구 결혼식에 못 가는 건 아무것도 아니에요. 엄마는 절대 아프면 안 됩니다. 그러면 아이를 돌볼 수 없으니까요. 둘째가 태어난 지 6개월쯤 됐을 때 입원을 한 적이 있었습니다. 약국에 갔는데 같은 어린이 병원에 아이를 입원시킨 엄마가 감기에 걸려 약을 사러 왔습니다. 약사가 그 엄마에게 "푹 쉬셔야 해요."라고 하자 그 엄마는 이렇게 말했습니다. "애가 아파서 입원했어요. 그런데 어떻게 쉬어요?" 옆에서 듣던 저도 한숨이 나왔습니다.

걱정도 끊이지 않아요. 친구랑 싸웠을 때, 우리 집 애들만 키가 유난히 작을 때, 단원 평가를 50점 받아올 때, 어린이집에서 친구 손등을 물어 상처를 냈을 때, 이런 자잘한 걱정은 걱정이라고 하기에도 약해 보입니다. 무엇보다 아이가 아플 때 가장 힘듭니다.

둘째가 여섯 살 때 다리가 아프다고 해서 정형외과에 갔습니다. 그곳에서 다시 큰 병원에 가보라고 했습니다. 무릎 밑에 염증이 생겨 5일 동안 입원하고 생각지도 못한 수술을 받았어요. 그 작은 아이가 수면마취를 하고 혼자 수술실로 들어갈 때의 모습이 잊히지 않습니다. 둘째는 수술 후 아무 이상 없이 건강하게 잘 지내고 있습니다. 심각한 병으로 치료받는 아이들을 주변에서 몇 명 보았습니다. 그 부모님들의 심정이 어떨지 감히 헤아릴 수 없습니다.

셋째를 임신했을 때 어린 나이에 동생이 둘이나 되는 첫째가 안쓰러워서 첫째 위주로 많이 다녔어요. 친구랑 노는 것을 무척 좋아하는데 셋째까지 태어나면 첫째 따라다니기 힘들잖아요. 그래서 배가 많이 불러 불편해도 첫째가 친구들과 자주 놀게 해주었습니다. 둘째까지 데리고 밖에서 놀기도 하고 친구들을 집으로 불러 저녁 먹고 늦게까지 놀기도 했습니다.

셋째 낳고도 첫째에게 신경을 많이 쓴다고 썼는데 부족했나 봐요. 첫째가 짜증을 많이 내고 저와 부딪히는 일이 많아졌습니다.

요즘 어느 텔레비전 프로그램에 나오는 아이들 같은 행동을 종종 했습니다. 첫째가 초등학교 1학년 때였습니다. 아이 친구 엄마와 하교 시간에 맞춰 학교 앞에서 아이들을 기다렸어요. 첫째와 함께 나오는 친구를 만나서 인사를 했습니다. "J야, 안녕?" 그런데 아이가 엄마는 나보다 자기 친구한테 더 친절하다면서 갑자기 가방을 바닥에 던지고 가버렸습니다. 이런 일들이 많았어요. 나는 노력하고 애쓰는 것 같은데 아이는 버릇없이 행동하는 일들이요.

아이 한 명은 힘들어도 키울 만합니다. 아이가 둘 이상이면 서로 싸워서 시끄럽습니다. 자꾸 저에게 와서 이르고 저는 다툼의 중재를 맡아야 합니다. 이 아이 말도 들어줘야 하고 저 아이 말도 들어줘야 합니다. 툭하면 돌아가면서 아픕니다. 아이들 학원이나 학교 일로 통화하고 스케줄 잡는 일도 꽤 머리를 써야 합니다. 이 녀석한테 맞추면 저 녀석이 틀어지고, 저 녀석한테 맞추면 다른 한 놈이 곤란해집니다. 이사할 곳의 위치와 이사시기를 맞추는 것도 매우 까다롭습니다. 아이들 학년과 학교 급이 다르니까요.

아이 하나는 외로우니 둘은 낳아야 한다고 하는데 이것도 저는 잘 모르겠습니다. 그건 부모 생각이고 아이는 혼자여서 더 좋을 수도 있어요. 외로울 수도 있겠지만 한 명이라 부모님 사랑 다 받고 위아래로 싸울 일도 없고요. 사이좋은 자매, 형제도 있지만 사이 안 좋은 경우도 많이 봤습니다. 나중에는 부모님을 누가 어떻게 모시냐는 것부터, 부모님께 물려받을 게 조금이라도 있으면 그것 때문에 서로 싸우는 일은 흔하고요. 싸우지 않아도 신경전이 꼭 있습니다. 부모로서 아이들이 싸우는 모습은 정말이지 보고 싶지 않잖아요(그런데 정말 많이 싸웁니다). 물려받을 게 없으면 사느라 바빠서 동기간에 무관심합니다.

교육비도 어마 무시합니다. 저희 집 첫째가 예체능을 하니 돈이 다발로 들어갑니다. 둘째는 피아노와 바이올린,

학교 방과 후 수업을 하는데 또래 친구들이 하는 것에 비하면 그냥 노는 수준입니다. 그런데도 매달 결제일이 돌아오는 것이 두렵습니다. 막내는 병설유치원을 다녀서 비용이 절감되지만 방과 후 수업에 관련된 비용은 냅니다. 세 명이 돌아가면서 결제를 하게 하니 기분 탓인지 더 많이 들어가는 것 같습니다.

소비를 좋아하지 않는 저이지만 사고 싶은 것, 하고 싶은 것이 있습니다. 예쁜 그릇, 반짝이는 포크와 티스푼, 하늘하늘한 원피스, 비싼 신발 같은 것을 사고 싶을 때가 있어요. 물건 사는 것을 좋아하지 않기 때문에 사고 싶다고 다 사는 건 아닌데요. 안 사는 게 아니라 못 사는 것 같을 때가 있거든요. 물건보다는 경험하는 데 돈 쓰는 것을 좋아합니다. 마사지 받기, 피부과 가기, 악기 배우기, 여행 가서 비싼 호텔에서 자기 등. 그런 것은 상상이나 책, 영화, 후기 읽기 등으로 대체합니다.

주말에는 늘어지게 자고 한가하게 걷고, 예쁜 카페에 가서 멍하니 앉아 있고 싶습니다. 읽고 싶은 책도 실컷 보고요. 식사 시중들고 간식 대령하는 것 대신 사 먹거나 집에서 샐러드와 견과류를 먹고 싶습니다. 부엌은 청소할 필요도 없이 깔끔하게 유지하고 싶어요. 하지만 아이 셋인 집의 주말 부엌은 상시 영업 및 성업 중.

남편은 색소폰을 배웠고 저는 바이올린을 배웠는데 아이 낳고 나서 둘 다 완전히 그만두었습니다. 아이가 하나였을 때는 어떻게든 기를 쓰고 악기 하나는 가져가야지 하고 배우러 다녔어요. 아이 하나 키우고 직장 다니면서는 겨우겨우 이어나가던 악기도 둘째 낳고는 포기했습니다. 제가 썼던 바이올린은 둘째에게 물려주려고요.

같은 어린이집에 다니던 둘째 아이 친구는 할머니께서 아이를 봐주셨습니다. 부모님이 모두 직장에 다니셨거든요. 아이 친구 할머님과는 어린이집 하원하고 자주 만나면서 친해졌습니다. 한 번은 같이 점심을 먹은 적이 있었어요. 제가 무자식이 상팔자고 아이는 안 낳는 게 좋다고 했습니다. 그러자 할머님께서 "나는 그게 이기적이라고 생각해. 자기만 편하려고 하는 거잖아. 나라는 또 어떡하고. 둘은 낳아야지."라고 하셨습니다. "저는 아이를 낳는 것이 이기적인 것 같아요. 아이가 태어나고 싶어서 태어나는 게 아니잖아요. 자기들이 좋아서 애 낳는 거잖아요." 저는 이렇게 말했습니다. 평소에는 항상 웃고 인자하시던 할머님께서 이것만큼은 다소 강하게 의견을 피력하셨습니다.

제 머릿속에서 떠다니던 생각도 그때 명확해졌던 것 같아요. 우리 부모님 세대에게 사람이 자식을 낳고 키우는 것은 한 치의 의심도 할 수 없는 일인 것입니다. 자연스러운 인간의 섭리이며 거스르면 안 되는 것이지요. '남들 다 그렇게 사는데 왜 너 혼자 따로 가려고 하느냐, 우리 다 이렇게 힘들게 애를 키우는 데 너만 편하려고 하면 안 된다.' 이렇게 생각하고 계신 듯합니다. 애 안 낳고도 잘 살 수 있는 데 그런 세상을 경험해 보지 못했으니 자신의 세계만 옳다고 생각하는 것 같기도 하고요. 덧붙여 국가의 안위라는 명분도 아이를 낳아야 하는 이유입니다. 그래서 하나만 낳으면 안 되고 둘은 낳아야 하고 셋을 낳으면 애국자 소리를 듣나 봅니다.

아이를 키우면서 얻는 것이 있지요. 아이가 자라고, 배우고, 나에게 더 넓은 세계를 보여줍니다. 아이는 부모를 조건 없이 좋아합니다. 아이가 어렸을 때는 부모가 아이를 사랑하는 것보다 아이가 부모를 사랑하는 마음이 더 크고 순수하다고 생각합니다. 하지만 가지 않은 길에 대한 아쉬움과 갈증도 있습니다. 굳이 이런 힘든 길을 갈 필요가 없는 것 같아요. 예쁜 아이를 갖고 싶다, 내 아이 하나 있었으면 좋겠다는 마음은 자연스러운 것입니다. 하지만 육아와 내 삶은 현실이에요. 결코 만만하지 않습니다.

　가족이 중심이 되는 일일드라마의 엔딩을 보면서 남편과 제가 하는 말이 있습니다. "저기서 누구 넘어진다. 그럼 다 같이 와~ 하면서 웃겠지." "아니야, 임신하면서 끝날 수도 있어. 누가 웩~ 하면서." 어쨌든 결말은 온 가족이 모여 음식을 거하고 차려놓고 웃으며 가족사진을 찍으면서 끝납니다. 그중에 꼭 아이를 안은 채 웃고 있는 사람이 있어요. 예전에는 거의 이런 식으로 끝났는데 요즘은 안 그러는 것 같기도 합니다만.

　중요한 것은, 현실 가족은 사진 속에서 웃고 있는 것처럼 항상 행복하지는 않다는 겁니다. 아이 낳는 것도 결국 나 좋자고 하는 거잖아요. 그런데 그게 나에게 뭐 꼭 그렇게 좋은 일인지는 잘 모르겠습니다. 막상 낳아 키워보면 힘들어서 내가 왜 애를 낳았나 싶은 생각이 일주일에 세 번은 듭니다.

　아이가 세상에 나오고 싶다고 한 것도 아니잖아요. 아이를 낳고 키우지 않으면 전 재산이 사라지거나 백두산이 폭발하는 것도 아니고요. 아이를 낳겠다는 것은 부모의 욕심이자 욕망의 발현인 것 같습니다. 환경에도 별로 안 좋아요. 사람이 오염을 만들어내니까요. 박완서 작가를 인터뷰한 에세이 『박완서의 말』이라는 책에서 본 것인데요. '자녀를 너무 많이 낳는 것도 생태계를 파괴하는 짓'이라고 했습니다. 그 말을 처음 들었을 때 큰 충격을 받았습니다. 하지만 사실이에요. 정말 그렇습니다.

어지간한 각오로는 못 할 일입니다. 저는 각오하고 애를 낳았냐하면 그건 또 아닙니다. 몰랐으니까 한 겁니다. 알았으면 못해요. 부모가 자식을 무조건 사랑하는 건 아니라고 생각하는데요. 그 이유 중에 하나가 이렇게 괴롭고 힘든 일을 왜 부모가 자식한테 하라고 하냐는 거예요. 최소한 힘들다고 미리 말이라도 해줘야지요. 이유도 말해주지 않으면서, 왜 아이를 낳으라고 하는지를 생각해 봤는데요. 내가 이렇게 살았으니 너도 그렇게 살아야 한다는 마음인 것 같아요.

내가 평생을 애 낳고 키우면서 살았는데 그 삶이 남는 것도 없고 힘들었다고 해버리면 자신의 인생이 통으로 부정당하는 거잖아요. 그러니 '그래도 애 낳고 살아야 한다'고 말하면서 굳이 의미를 부여하고 남에게 권하는 것 같습니다. '나는 애 낳고 키우느라 고생하고 나이 먹었는데 너는 편하게 살겠다고? 어림없지. 나만 당한 것이 억울하니까 너도 당해봐.' 이런 것은 아닐까요.

　부모뿐만 아니라 주변 사람들이 같이 그러니까 어떻게 안 넘어가나요. 국가는 세금과 노동력을 제공하는 사람이 필요하니 거국적으로 거듭니다. 누구 좋으라고 아이를 낳는 것인지 아리송합니다.

　아이를 낳는 것은 주변 꾐에 넘어가지 않고 자신이 선택하고 결정할 일입니다. 누군가 막연히 아이를 낳아야 한다고 생각하거나, 아이를 낳으면 행복하지 않을까 기대한다면 저는 이렇게 말해주고 싶습니다. "사서 고생할 필요는 없으니 더 생각해 보세요."

내가 사라져도 살아줄 사람

어느 영화에서 '아이를 낳는 것은 얼굴에 평생 지워지지 않는 문신을 새기는 것'이라고 했습니다. 무섭지만 정확한 비유입니다. 아이를 낳는 것은 그 아이를 조건 없이 책임지 겠다는 뜻입니다. 아이가 성인이 되면 자립시키는 것이 육 아의 목표라고 하지요. 하지만 아이들이 성인이 되어도 그 들을 향해 켜져 있는 저의 레이더가 꺼질 것 같지는 않아요.

아이를 키우는 것이 이토록 고된 일인 줄 몰랐습니다. 날아오는 공에 머리를 세게 맞고 정신을 차리기도 전에 돌 에 걸려 넘어지고 주저앉아 웁니다. 겨우 일어나서 걷는데 또 비가 세차게 와서 진흙탕 길을 가야 해요. 이를 악물고 걸어가는데 "어이, 어딜 그냥 가. 이거 가지고 가." 하며 돌 덩이를 안겨줍니다. 애 하나당 돌덩이 한 개씩 가지고 가 야 한대요.

'아이를 왜 낳는 걸까?' 수없이 생각해 봤습니다. 남들이 다 하니까, 본능이니까, 늙어서 의지할 곳이 필요하니까, 나의 2세는 어떻게 생겼나 궁금해서, 외로우니까, 아이를 좋아해서, 아이들이 귀여워서, 육아휴직을 하고 싶어서, 아들을 낳아야 한다고 해서, 딸은 평생 친구라고 해서, 부모님이 애를 낳아야 한다고 해서, 사회에서 그러라고 해서, 세뇌당해서, 나의 소왕국을 만들고 싶어서, 나라 걱정하느라고, 어쩌다 보니 등등 이유를 떠올려봤지만 설득이 되기도 하고 안 되기도 합니다. 저 같은 경우 '세뇌당해서', '어쩌다 보니'에 해당하는 것 같습니다. 그런데 최근에 '아하' 하는 순간처럼 스스로 설득이 되는 깨달음 같은 것이 있었습니다.

초등학교 6학년이 된 첫째 딸이 참 예쁩니다. 하는 짓이 예쁘다기보다는 외모가 예쁩니다. 그동안 저의 마음을 너덜너덜하게 만들고 너덜너덜해진 곳을 벅벅 긁어놓았기에 하는 짓이 예쁘다고 말하기는 어렵고요. 외모가 예쁘다는 것도 객관적일 수는 없겠지요. 제가 볼 때 아이가 예쁘고 부럽습니다. 밝은 피부와 탄탄한 다리, 매일 발레 하면서 다져진 복근, 학교 다녀와서 몇 시간 동안 운동을 하고

도 지치지 않는 체력, 앞으로 주어진 긴 시간과 가능성. 한마디로 '어린 네가 부럽다'입니다.

부모는 아이를 자신의 분신으로 생각한다잖아요. 저는 아이가 나의 분신이라는 생각을 해본 적이 없습니다. 나는 나고 너는 너 아닌가? 그런데 자라나는 아이를 보면서 어쩌면 그럴지도 모른다는 생각이 들었습니다.

누구나 영원히 젊기를 바라고 오래 살고 싶어 합니다. 하지만 나이 들고 병들고 죽는 것은 거역할 수 없습니다. 나는 늙고 사라지지만 내 아이는 나보다 젊은 모습으로, 별일 없으면 나보다 오래 살겠지요. 나는 떠나도 이 세상에 아이들이 남아 나 대신 젊고 건강한 삶을 살아줄 것입니다. 그런 아이들을 보면서 사람들이 이래서 아이를 낳나 하는 생각이 들었어요. 그래서 아이를 부모의 희망이라고 하는 것 같아요. 내가 못 이룬 것을 대신 이루어줄 사람, 내가 떠난 후 남아서 영원히 살아줄 사람이라고요.

이런 생각을 하는 거 보니 저도 더 이상 젊지는 않은가 봅니다. 서글프네요. 그래서 다시 아이를 보면서 위안을 얻고 그러나 봐요. 이 또한 영원히 살고 싶고 영원히 젊고 싶은 이기적인 인간의 바람인 것 같습니다.

예쁘긴 예쁘다

아이를 키우는 데 힘든 점만 있는 것은 아닙니다. 왕관은 무겁지만 화려하고, 창작은 괴롭지만 음악은 아름답고, 그림자는 빛이 있어야 생기듯, 아이를 키우는 어려움과 함께 아이 덕분에 누릴 수 있는 기쁨과 만족도 있습니다.

지금까지 아이 낳아 키우면 큰일 나는 것처럼 말했지만 인정할 건 인정하겠습니다. 아이가 귀엽고 사랑스럽습니다. 귀엽고 사랑스럽다는 표현으로는 부족해도 한참 부족합니다. 정말 너무 예뻐서 심장이 터질 것 같고 으스러지게 안고 싶습니다. 보고 있어도 보고 싶다는 것이 무엇인지 알게 됩니다.

아이를 안으면 편안합니다. 아이가 엄마를 우주 끝까지 사랑한다고 편지를 써서 줄 때는 놀랍습니다. 나를 이렇게 좋아하는 사람이 있다니. 아이들이 손잡고 이야기하며 걸어가는 뒷모습을 볼 때, 아이들끼리 놀면서 내는 웃음소리를 들을 때, 아이가 나를 엄마라고 부르며 달려올 때, 제 마음은 따뜻해지고 부드러운 무언가로 꽉 찹니다. 얼굴에는 미소가 지어집니다.

첫째가 여섯 살이었을 때 아이의 웃는 모습을 보면서 '내가 이 아이를 만나려고 세상에 태어났나?'라는 생각이 들었습니다. 둘째를 낳고는 '세상에 이런 아기는 또 없다'고 확신했고요. 셋째는 이제 만 6세가 지났는데 아이를 보고 저는 그저 웃고 있습니다. 당황스러울 정도로 잇몸까지 드러내며 웃고 있어요.

저는 아이와 말할 때 '지지', '맘마' 같은 말을 하지 않습니다. 같이 애기인 척을 하거나, 혀 짧은 소리를 내거나, '~했어용?' 등도 하지 않아요. 그냥 하고 싶지 않고 남들이 그렇게 하는 것을 보는 것도 좀……. 그런데 셋째한테는 한 번씩 그렇게 합니다. "아꿍 아꿍, 우리 애기, 잘 잤어용?"('아꿍'은 막내가 말을 잘 못했을 적에 재채기하고 나면 내는 소리였습니다)

첫째가 어버이날이라고 써준 편지에 '엄마, 키워주셔서 감사합니다.'라고 쓰여 있습니다. 아이가 또박또박 단정하게 쓴 글씨를 보며 눈물이 흘렀습니다. 제가 특히 큰아이에게 잘못한 게 많거든요. 그런데 엄마가 좋고 고맙다고 하는 거예요. 첫째에게는 미안하고 고맙고, 밉고 대견하고, 답답하고 든든한, 한 마디로 설명하기 어려운 감정이 느껴집니다.

현재 초등학교 2학년인 둘째는 한 번도 저에게 부정적인 말이나 행동을 한 적이 없어요. '엄마, 미워.'라거나 발을 쿵쿵 구른다거나 짜증 섞인 말투로 말한 적이 없습니다. 더 어렸을 때 현관에 드러누워 울었던 적이 몇 번 있긴 한데 그건 아이니까 그럴 수 있습니다.

셋째 생기기 전에, 첫째 유치원 보내고 둘째랑 단둘이 데이트를 했었어요. 첫째 유치원 늦지 않아야 하는데 둘째 아침밥도 먹여야 할 때, 작은 그릇에 도시락처럼 싸서 같이 나갑니다. 첫째는 유치원 들어가고 근처 공원 나무 그늘에 둘째와 나란히 앉습니다. 김에 싼 밥을 아이 입속에 넣어줍니다. 아이는 한 입 먹고 뒷짐 지고 걸어 다닙니다. 멀리까지 돌아다니는 아이를 밥 먹으라고 부르면 아이는 제 쪽으로 옵니다. 또 한 입 먹고 도토리 줍고 흙도 만지고 새 쫓아다니면서 놀아요. 그런 아이를 바라보고 함께했던 시간이 아직도 추억으로 남아 있어요.

어느 날 아침, 둘째가 학교 갈 때서야 준비물이 생각나서 찾고 있었습니다. 학교 갈 시간은 늦었고 아이와 저 둘다 조급해졌습니다. "그러니까 어제 미리 준비물을 챙겼어야지!" 하고 제가 언성을 높이면 둘째가 조용히 울면서 말합니다. "엄마, 학교 다녀올게요." 이러니 둘째에게는 화가 거의 안 납니다. 나 자신을 탓하며 미안해할 뿐이죠.

온몸이 쑤시고 피곤한 날, 오늘은 책 안 읽고 그냥 자자고 했습니다. 그래도 둘째는 책을 읽어 달래요. 짜증이 나서 엄마도 피곤하다고 호통을 치니 "엄마, 잘 자요. 흑흑." 하고 울면서 자러 갑니다. 엄마가 화낼 때 미운 적 없었냐고 물어보면 엄마가 미운 적이 한 번도 없었대요. 그냥 슬프다고 해요. 엄마가 좋아서 엄마가 책 읽어주는 소리를 들으면서 자고 싶대요. 엄마가 우주 최강으로 좋다고 합니다. 제가 어디서 이런 사랑을 받아보겠어요. 솔직히 셋 다저를 그렇게 좋아합니다. 아빠한테는 안 그래요. 이놈의 인기. 하하.

셋째는 무작정 귀여워요. 소파에 회장님처럼 앉아서 머리를 꼬며 책을 보는 모습, 아침에 깨서 멍하니 앉아 있는 모습, 유치원 가방 메고 걸어가는 모습, 그 조그만 녀석이 먹고살겠다고 숟가락으로 밥을 퍼서 입으로 가져가는 모습, 똥을 싸도 되냐고 물어볼 때도 전부 귀엽습니다.

언니들은 피아노 배우고 싶다, 영어 학원 다니고 싶다, 발레하고 싶다, 친구가 수영을 다니니 나도 다녀야겠다면서 일곱 살 때부터 하고 싶은 것들이 있었습니다. 그런데 저희 막내는 그런 것도 없어요. 하고 싶은 게 없대요. 하고 싶은 게 없다고 하는 것까지 귀엽다니까요. 남편과 저는 돈 굳어서 좋다고, 역시 복덩이라며 흐뭇해합니다. 아이들이 대견하고 예쁘고 사랑스러운 때가 많지만 이 정도로 줄이겠습니다. 저희만 그런 게 아니라 대부분의 부모에게 자식은 사랑둥이니까요.

아이 덕분에 몰랐던 세상도 알게 돼요. 아이 친구 엄마들과 얘기하면서 집과 학교 밖에 사는 사람들의 생각도 들을 수 있고요.

욕실에서 넘어져 뒤통수가 찢어졌을 때, 구슬을 콧속에 넣어서 뺄 수 없을 때, 열이 40도까지 올랐을 때 병원으로 급히 데려가고, 기저귀 밖으로 폭발한 똥을 치우고, 뜨거운 여름에 아이 셋을 유모차에 태우고 공원을 가로질러 집으로 오면서 웬만한 힘든 일은 할 수 있겠다는 자신감이 생깁니다.

책임감과 의무감으로 인해서 생활력과 전투력이 상승하

는 것 같아요. 불친절한 소아과 의사, 간호사에게 따지기도 합니다. 빨아도 빨아도 검은 물이 줄줄 나오는 아이 속옷을 판 가게 사장에게 컴플레인도 대차게 하고요.

부지런하지 않으면 생활 자체가 안 되기 때문에 굉장히 부지런해집니다. 안 그래도 뭔가 꼭 해야만 하고 가만히 있지 못하는 저는 더욱 깨알같이 움직입니다. 틈새 시간이 나면 부엌이라도 한 번 더 닦게 돼요. 더 성실하고 강한 사람이 되어 가는 기분도 아이 키우는 즐거움 중에 하나입니다.

기어이 이 문을 여시겠습니까?

어떤 분들은 "너는 결혼도 하고 애도 낳아봤으니 그런 말 하는 거다. 너는 다 해놓고 왜 우리는 못하게 하냐!"라고 하십니다. '네가 결혼하고 애 키우면서 잘 사니까 남이 행복할까 봐 낳지 말라고 하는 거 아니냐. 엄살 피우지 마라. 행복한 고민이다.'라고 하실지도 몰라요. 이것도 맞는 말씀이에요. 결혼하고 애 낳고 키우며 사는 것도 좋은 점이 있습니다.

제가 결혼해서 애 셋 낳고 키우면서 힘들어 죽겠다거나 불행한 것은 아닙니다. 괜찮아요. 살만합니다. 가끔 행복하고 많이 감사합니다. 부족한 나를 엄마라고 무작정 좋아해 주고, 건강하고 무탈하게 자라주는 아이들에게 진심으로 감사합니다. 매일 에너지를 최대치로 짜내서 살아야 하긴 하지만요.

아이 셋 키우면서 직장 다닐 때는 이 동네 5킬로미터 반경에서 내가 가장 바쁠 거라고 말하고 다녔거든요. 시간은 부족하고 챙겨야 할 것은 많았습니다. 큰 녀석은 말 안 듣고 둘째, 셋째는 말이 안 통합니다. 체력은 달리니 가느다란 정신력 하나 붙잡고 살았습니다.

그래도 저는 뭐든 효율적인 것을 좋아하니까 바쁘게 사는 것도 나름 재미였습니다. 어차피 사는 거 열심히 살고, 어차피 애 낳은 거 셋은 낳아야지 하면서 정신승리도 해보고요. 시간을 꽉 채워서 사는 게 뿌듯해서 그나마 버텼던 것 같아요. 누가 크게 아픈 거 아니면 대부분의 문제는 시간과 함께 해결되기도 하고요. 당연히 행복할 때도 있어요.

그런데 그 찰나의 행복한 순간이 확대 재생산되어 그게 다인 것처럼 보이는 게 문제입니다. 해보니까 그렇지가 않아요. 그냥 사는 거지 그렇게 화목하게 웃고 사랑하는 집안은 거의 없다고 확신합니다. 오히려 상처와 불행의 근원이 가족이라고 할 수 있습니다. 우리의 깊은 괴로움과 마음의 상처는 거의 다 혈연으로 맺어진 가족이 주었고 해결하기도 매우 어렵습니다.

그래서 어쩌라는 건가요.

애를 낳으라는 건가요, 낳지 말라는 건가요. 저도 잘 모르겠습니다. 애를 낳으라, 마라 제가 말할 주제가 못됩니다. 개인의 인생에서 되돌릴 수 없는 중대사를 제가 감히 이래라저래라 할 수는 없지요. 이제 와서 한 발 빼는 거냐고 하시면 "네, 그렇습니다." 애를 낳아야 한다 말아야 한다, 그런 말은 못 합니다. 그런데 분명한 것은 누구의 말 때문에, 남들 다 애 낳고 사니까, 사회가 그러라고 하니까 애를 낳아야 한다는 압력에 의해서 낳아서는 안 된다는 겁니다.

아이를 낳을까 말까 고민하거나, 아이를 낳지 않겠다고 마음은 먹었지만 흔들리는 분들이 계실 겁니다. 그런 분들에게 자신의 생각을 쭉 밀고 나가셔도 된다고 말하고 싶어요. 남편, 시부모님, 친정 부모님, 친구들까지 '그래도'라고 하더라도 그들은 다 남입니다. 다들 그냥 지나가는 타인일 뿐이에요. 남편은 좀 다르지만 그래도 엄마 될 사람이 최종 결정권자입니다. 결국 내가 키워야 합니다. 내 몸으로 해야 하는 일인 거죠.

아직 한국 사회에서 여성이 아이를 낳고 키우며 개인으

로서 인정받고 살아가기에는 상당한 허들이 곳곳에 널려 있습니다. 아이가 주는 기쁨보다 책임과 부담이 더 클 수도 있어요. 아이를 낳든 안 낳든, 그 누구도 아닌 나 자신이 주체가 되어 결정해야 하는 것입니다. 누구의 눈치도 보지 말고 자신의 신념을 밀어붙여도 됩니다. 아이를 낳고 키우는 것은 선택이지 결코 당위의 문제가 아닙니다.

'됐고! 넌 다 해봤잖아. 왜 나한테는 못하게 하는데?'라고 하신다면, 다시 한번 묻겠습니다.

"기어이 이 문을 여시겠습니까?"

그래도 아이를 낳고 키우고 싶다는 분들은 그러셔도 됩니다. 환영합니다. 이렇게까지 힘들다고 했는데도 아이를 꼭 낳고 키워야 하신다면 그분은 보통 사람이 아닙니다. 이 왕관의 무게를 견딜 수 있는 분입니다. 이곳이 지옥불은 아니에요. 그렇게 느껴질 때도 있지만 실제 지옥불까지는 아닙니다.

아이를 키우면서 나의 부족함을 인정하고 자신을 더 깊이 이해하게 됩니다. 도전을 두려워하고 스스로 한계를 짓는 나를 아이들이 더 넓고 새로운 세상으로 이끌어줍니다.

가끔 아이들과 같이 잘 때가 있습니다. 지친 하루를 마치고 아이와 포근한 이불 속에 눕습니다. 아이의 머리를 쓰다듬어 주면 아이는 웃으며 저를 바라보다가 스르르 눈을 감습니다. 아이의 손을 잡고 함께 잠이 듭니다. 이 순간, 더 바랄 것 없이 아늑합니다. 이런 생각이 들기도 해요. 이기적이고 불안한 나를 성장시키기 위해, 혼자 있는 시간이 좋지만 외롭고 싶지는 않은 나를 위해, 세 아이들이 나에게 온 것은 아닐까.

한 사람을 키워내는 것이 무엇보다 생산적이고 값진 일이며 가장 큰 투자라고 하는 분들도 계시잖아요(투자금이 엄청나게 들어가고 리스크가 아주 크긴 하지만 일정 부분 동의합니다).

이미 아이를 낳아 키우고 계신 분이라면 잘 키워봅시다. 나중에 제가 이럴지도 모릅니다. 그래도 결혼해서 애 셋 낳고 키우면서 행복했다고요. 사람 일은 모르는 거니까요.

2.

매일 흔들리며
나아갑니다

부모라고 다 어른은 아니다

'결혼해서 애를 낳고 키워봐야 진짜 어른이다.'라는 말이 있지요. 저는 이 말에 크게 동의하지 않습니다. 사람이 아픈 만큼 성숙해진다고 결혼생활, 출산, 육아를 하며 겪는 신체적, 정신적, 경제적 어려움을 통해 성숙해질 수도 있습니다. 결혼 같은 경우, 노력이 상당히 들어가는 관계의 형태입니다. '원만한 결혼생활'이라는 것이 어지간해서는 유지하기 어렵지요. 출산은 충격과 공포의 고통입니다. 결혼과 출산이 끝나면 이제 본격적인 고생문이 열립니다. 위 두 가지에 비해 아이 키우는 것은 난이도가 훨씬 높습니다.

하지만 개인의 차이가 크다고 봅니다. 애를 키우면서 성숙해질 수는 있겠지만 꼭 그런 것은 아닌 것 같습니다. 그때그때 다르고, 사람마다 다른 것 같아요. 애를 낳고 키워보든 아니든, 나이가 많든 적든, 돈이 많든 적든, 고생을 많이 해봤든 안 해봤든, 그 경험에서 무엇을 느끼고 깨달 았느냐에 따라 성숙해질 수도 있고 아닐 수도 있다고 생각해요. 공부 많이 하고 부자라고 해서 다 품격이 있는 것은 아니듯 말입니다.

때때로 직장이나 지인들 사이에서 이런 말을 듣습니다. "아무래도 애를 낳고 키워봐야 어른이 되지. 결혼 안 한 사람들은 좀 그래. 까칠하다고 해야 할까." 결혼하고 애 키우신 분들 중에 다른 사람 말을 잘 끊고 자기 말만 하려는 사람들을 많이 봤습니다. 그 자리에 없는 사람의 험담을 하거나 관심을 가장하여 비난하는 경우도 흔하고요.

수업도 잘하고 아이들을 관심과 열정으로 보듬어 주는 분이 계셨습니다. 학년부장으로 같은 학년 선생님들을 하나하나 챙기셨어요. 그분은 소위 골드미스로서 결혼도 안 하고 애도 없었습니다. 좋은 부모가 되겠다 싶은 분들이 오히려 아이를 낳지 않고, 부모가 되기에는 연습과 훈련이 좀 필요한 분들이 아이를 둘 셋 낳는 경우도 종종 봅니다. 많이 찔리네요.

그건 단편적인 예일 뿐이고 그래도 역시 애 키우는 사람은 다르다고 할 수도 있습니다. 그럴 수도 있지요. 저도 많이 달라졌으니까요. 다른 사람의 입장을 이해하게 되고 세상일이 내 맘대로 되지 않는다는 것을 받아들이게 되었어요. 그런데 이게 꼭 아이를 낳고 키워서 그런 것은 아닐 수도 있어요. 시간의 축적과 다양한 경험을 통해서도 충분히 달라질 수 있는 것이죠. 애를 낳고 키워서 성숙해지고 인격이 높아지면 저는 어디서 표창장도 받고 주변에서 '사람 참 괜찮다'는 소리를 들어야 할 텐데 그렇지도 않거든요.

내 아이만 감싸거나 가족이기주의에 빠지는 경우도 많이 봤습니다. 윗집에서 아이들이 축구를 하는지 달리기를 하는지 쿵쿵거리고 밤늦도록 발망치로 걸어 다닙니다. 그래도 미안하다는 말은 없고 "아이들 있으면 그럴 수 있는 거지. 거 참 예민하게 군다."라고 큰 소리부터 칩니다.

학교에 근무하다 보면 다양한 학생들과 학부모를 만납니다. 상담할 때 자주 듣는 말 중에 하나가 '내 아이는 그럴 아이가 아닌데 친구가 문제'라는 겁니다. 대부분은 남을 배려하고 학생의 본분을 지키지만 안 그런 아이들도 쉽게 볼 수 있습니다. 교사에게 예의 없고 폭력적이며 친구들을 괴롭히는 아이들도 적지 않아요.

그런데 그 부모님들은 자신의 아이가 그런 행동을 해도

교사나 다른 아이들이 이해해 주어야 한다고 합니다. 물론 도움이 필요한 아이들이 있어요. 우리가 더 배려하고 기다려줘야 하는 친구들이 있습니다. 그런 아이들을 말하는 게 아니에요. 자신의 아이가 교실에서 적응하지 못하고 문제를 일으킨다는 것을 인지하고 해결해야 하는데 그럴 의지가 없는 경우를 말하는 거지요. 내 아이는 다른 사람을 괴롭히지 않는다, 그럴 아이가 아니다, 그리고 좀 괴롭히면 어떠냐, 아이들이 크면서 그럴 수도 있다고 합니다. 사과는 커녕 자신의 아이 위주로 학급이 돌아가기를 원합니다.

선생님이 아이의 자존감을 떨어뜨리고 우리 아이만 미워하기 때문이라고도 하는데요. 그럴 수도 있습니다. 하지만 교사뿐 아니라 다른 아이들도 피해를 받고 있다면 달리 생각해 봐야 하지 않을까요?

첫째 아이가 만 3세였을 때 다니던 어린이집에서 사건이 한 번 있었습니다. 아이들 세 명이 집에 가서 부모님께 말하기를, 선생님이 자기를 때렸다는 거예요. 저희 집 아이도 같이 맞았다고 세 아이 중 한 명이 부모님께 말했다고 합니다. 첫째가 말을 꽤 잘하는 편이었는데 저는 저희 아이에게 들은 바가 전혀 없었습니다. 저희 아이는 어린이

집에 잘 다니고 있었기 때문에 놀라고 당황스러웠죠. 어린이집에 일찍 데리러 가면 더 놀고 싶은데 왜 빨리 왔냐고 할 정도였습니다. 그래도 분명히 짚고 넘어갈 문제이고 만약 사실이라면 큰일이지요.

상황을 파악하고 해결책을 논의하기 위해 어린이집 선생님들과 보호자들이 모였습니다. 모두 모여서 이야기를 하다 보니 전말은 이러했습니다.

선생님이 읽어주신 책 이야기를 아이들이 집에서 부모님께 전했다고 합니다. 몽둥이가 나오고 선생님이 그 모습을 재현하신 거예요. 실감 나게 읽어주신다고요. 그 이야기를 집에 가서 부모님께 전하면서 선생님이 나를 때렸다고 말한 겁니다. 선생님이 아이들을 때린 적은 없었고요. 아이들의 상상과 들은 이야기가 합쳐져 엉뚱한 말이 나온 것이죠. 아이들은 충분히 그럴 수 있습니다.

어느 날 제가 지갑을 어디다 뒀는지 잊어버리고 한참 찾고 있을 때였습니다. 저희 집 둘째가 엄마 책상 위에 있는 지갑을 분명히 봤다는 거예요. 그래서 방을 본격적으로 뒤지고 있는데 지갑은 엉뚱한 곳에서 나왔습니다. "둘째야, 너 엄마 지갑 본 거 맞아?" 하고 물어보니 "아니! 난 그냥 봤다고 생각했어."라고 자신 있게 말하더라고요. 그렇게 말했던 저희 집 둘째는 당시 다섯 살쯤이었습니다. 아이들은 그렇습니다. 실제와 꿈, 상상을 혼동하기도 합니다. 정교하게 표현하지 못하다 보니 전달이 제대로 안 되는 거죠. 같은 내용도 질문에 따라 답변이 이랬다저랬다 달라지기도 합니다.

아이가 어린이집에서 선생님에게 맞았다는 말을 듣는다면 부모는 당장에라도 쫓아가서 엎어버리고 싶은 심정일 겁니다. 그래도 아이에게 다시 묻고 선생님에게 먼저 연락하여 사실 관계를 살펴야 했습니다. 그런데 어머님과 아버님들이 주변에 먼저 말을 퍼트리고 일방적으로 격분했던 겁니다. 어린이집 어머님들이 모인 채팅방에서 선생님 신상까지 거론하면서요.

세 아이의 부모님들은 보호자들과 선생님들이 모였던 그 자리에 나오지 않았습니다. '어쨌든 우리는 기분이 나쁘고 그래서 어린이집을 옮길 것'이라고 다른 어머님을 통해 전달했습니다. 참석하신 분들은 그 아이들의 부모님들이 오히려 여기 와서 사과해야 하는 거 아니냐고 하셨습니다. 우리는 어린이집에 잘 다니고 있는데 정확하지 않은 말을 퍼트려서 여러 사람을 혼란스럽게 했으니 책임을 져야 한다고요.

자리에 계셨던 한 어머님께 전해 듣기로는 세 아이들이 이제 다른 말을 한다는 겁니다. 선생님이 나를 때린 적이 없는 것 같다고요. 사실은 내가 지어낸 말이었다고요. 아이들은 원래 그렇습니다. 아이들을 원망할 수는 없어요. 부모님께서 먼저 어린이집에 방문하여 선생님들과 이야기를 나누고 앞뒤 상황을 정리했다면 어땠을까요. "어이구, 이 녀석아~." 하면서 끝날 일이었을지도 모릅니다. 무릎을 꿇고 눈물을 흘리시는 선생님들을 보며 마음이 아팠습니다.

조금 달라지긴 합니다

아이를 키우고 나이를 먹으면 성숙해지고 더 나은 사람이 되지 않을까 기대했었습니다. 애를 낳으면 어른이 된다고 하던데 저는 편안하고 여유 있는 사람이 되기를 바랐습니다. 제가 생각하는 어른은 그런 사람이었거든요. 아이를 키운다고 성숙해지는 것은 아닌 것 같고 내 마음이 편안해지는 것은 더욱 아닙니다. 나이 먹고 애 셋 키워도 안팎으로 산 넘어 산, 물 건너 물이었습니다. 이제 만 나이로 40대를 확정 짓고 아이도 셋이나 낳았는데요.

결혼 안 하고 애 없는 분들도 나름대로 고충이 있겠지만 신경 쓸 사람이 적다는 면에서 저는 무척 부럽습니다. 저뿐 아니라 많은 기혼이자 애 두셋 키우는 엄마들이 진심으로 부러워합니다. 모르는 소리 하지 말라고 하실 수도 있지만 솔직히 부러울 때가 한두 번이 아닙니다. 어차피 힘들고 복잡한 세상, 혼자만 복잡하게 살면 되지 뭐 하러 이 사람 저 사람 끌어들여 더 시끄럽게 사는가 싶습니다. 자기 앞가림도 못하면서 애를 줄줄이 셋이나 낳은 저 자신이 생각할수록 놀랍습니다.

사람은 잘 변하지 않습니다. 죽을 고비 정도는 넘겨야 조금 달라지지 않을까 싶어요. 하지만 저에게도 달라진 것이 있긴 있습니다. 결혼을 하지 않겠다던 제가 일찍 결혼을 했고, 결혼은 해도 아이는 낳지 않겠다던 제가 아이를 셋이나 낳지 않았습니까. 하지 않겠다는 것들, 다른 사람들이 하면 이해가 안 되던 행동들을 제가 하고 있어요.

언뜻 보면 '왜 저럴까, 어떻게 저럴 수가 있지?' 하는 일들이 있잖아요. 사람은 모두 부족하고 결핍되어 있기에 스스로도 이해할 수 없는 일을 저지른다는 것을 아이를 낳고 키우면서 알게 되었어요. 저도 누군가에게는 그렇게 이해 안 되는 사람으로 보일 수도 있고요. 때로는 답답했던 상대의 행동이 그럴 만한 이유가 있거나, 이유가 없더라도 그냥 그런 것임을 받아들이게 되었습니다.

아이를 낳기 전에는, 길에서 아이를 혼내는 엄마를 볼 때, 아이랑 한바탕했다는 얘기를 들었을 때, 아이를 안고 엉엉 울었다는 말을 들을 때, 나는 저러지 않을 거라고 생각했습니다. TV에서 부모와 자식이 대립하는 장면이 나오면 '애 하나 어쩌지 못하고 왜 저럴까?' 했었습니다. 그런데 아이를 키워보니 그 모습이 그대로 저에게 나타납니다. 누가 보면 저 아줌마 이상하다고 했을 그런 모습이요.

아이를 안고 식당에서 밥을 먹는 사람을 보면 '굳이 저렇게 먹어야 하나? 그냥 집에서 먹지', '저렇게 먹으면 맛있나?'라고 속으로 비아냥댔습니다. 아이가 하나였을 때는 다른 아이 엄마가 작은아이는 안고 큰아이는 손잡고 다니는 것을 보면 '저렇게 나올 일이 뭘까, 대단하긴 한데 아이 한 명만 데리고 나올 수는 없나?' 했었거든요. 아이가 둘이 되니 그럴 일이 널렸습니다.

아이가 둘이었을 때는 아이 셋인 집을 보면 아이를 왜 셋이나 낳았냐며 힘들겠다고 안쓰러워했습니다. 나는 절대 저러지 말아야겠다고 다짐까지 했어요. 아이 셋을 키운다는 것은 500년 후 지구와 소행성이 충돌하여 세상이 멸망한다는 것처럼 비현실적인 것이었습니다.

그 비현실적인 일을 제가 했습니다. 왜 저러나 싶었던 일들까지 하나도 빠짐없이 모두 했습니다. 아이가 어릴 때 굳이 아이를 데리고 식당에 가서 아이를 안고 밥을 먹었습니다. 그때는 왜 그렇게 외식이 하고 싶은지요. 아이 이 유식 만들기도 지치는데 언제 제 밥까지 하고 있나요. 답답한데 나가서 사 먹고 싶습니다. 유모차에 애 셋을 태우고 다니거나 안고 업고 손잡고 외출했습니다. 병원 갈 때, 등·하원할 때는 어쩔 수 없이 그런 모습으로 다닙니다. 길에서 아이 혼냈던 적은 자주 있었고요. 아이가 길바닥에 누워서 짜증내는 것을 어쩌지 못해 달랬다 화냈다 하거나 지쳐서 그냥 쳐다보고 있었던 일도 많습니다.

아이 둘을 데리고 셋째 임신한 배로 돌아다니면 창피할 줄 알았습니다. 아이 셋인 사람들을 이해할 수 없었으니까요. 막상 내가 그 입장이 되어보니 아무렇지도 않았습니다. 남의 시선 신경 쓸 여유도 없어요. 사람들도 저에게 별로 관심이 없습니다. 아이가 둘이었을 때 아이 셋인 집이 지나가면 남편에게 조그맣게 말했습니다. "여보, 저 집 좀 봐. 애가 셋이야. 어후, 어떻게 키워." 이제는 이렇게 말합니다. "여보, 저 집도 애가 셋이야. 반갑네." 과거의 저처럼 '애가 셋인가 봐.' 하며 쳐다보는 사람이 어쩌다 한 번 있긴 합니다. 그러면 '나도 그런 적이 있었지.' 하고 웃습니다.

길에서 엄마가 아이에게 화를 내면(옳다는 것은 아니지만) 저 아이 엄마가 아이를 돌보느라 얼마나 피곤했을지,

보이지 않는 곳에서 아이의 짜증을 얼마나 참아냈을지 알고도 남습니다. 운전할 때 무리하게 끼어드는 차가 있으면 "아니! 저런!" 하면서도 아이가 아파서 병원에 급히 데리고 가는 중일 수도 있겠다는 생각이 들고요. '저 사람 화장실이 급한가 보다.' 하면서 웃기도 합니다.

카톡을 보냈는데 1이 없어지지 않을 때, 1이 없어졌는데 답장이 없을 때, 바쁜 일이 있거나 대답하기 곤란한 상황일 거라고 짐작합니다. 예전에는 나를 무시하는 건가 하는 생각이 들었을 거예요. 물론 여전히 나를 뭘로 보는 거냐며 괴로워할 때도 있습니다. 하지만 전에는 며칠을 곱씹었다면 요즘은 하루 정도 떠올리다 잊어버립니다(하루도 긴가요?).

오지랖 떠는 거 싫다고 말은 합니다만 곤란한 상황에 있는 사람을 쉽게 지나치지 못하겠어요. 한번은 어떤 아기 엄마가 아기를 유모차에 태우고 가다가 들고 있던 아이스커피를 바닥에 쏟았습니다. 쇼핑몰 입구에서요. 커피는 바닥에 다 떨어지고 얼음은 사방으로 굴러갔습니다. 제가 그쪽으로 가서 그걸 같이 치웠어요. 그냥 그렇게 하고 싶었어요. 저도 뜻하지 않은 상황에서 도움을 많이 받았거든요.

한번은 유모차를 밀고 가다가 움푹 팬 곳에 걸려 넘어질 뻔했습니다. 그때 옆에 있던 분이 저를 잡아주셨습니다. 그분이 아니었다면 유모차와 제가 같이 넘어지면서 크게 다쳤을 거예요. 유모차에 타고 있던 아이를 생각하면 가슴이 철렁합니다. 유모차에 주렁주렁 매단 가방 무게 때문에 유모차가 뒤로 넘어갔을 때 유모차를 같이 일으켜주고 가방을 정리해 준 분이 계셨습니다. 아이 다리가 아파 병원 진료 후 아이를 업고 집에 가는 길이었습니다. 아이를 업은 채 양 손목에 가방을 걸치고 오르막을 걷고 있을 때, 친하지도 않던 동네 분께서 가방을 들어주셨어요.

학교에서 상담할 때도 부모님의 심정이 어떨지 한 번 더 살피게 됩니다. 특히 저학년의 경우 아이들 친구관계로 속상해하시는 어머님들이 많아요. 대부분 통과의례처럼 거치는 일입니다. 제가 아이를 키우면서 겪어보니 이게 굉장한 스트레스입니다.

아이들끼리의 다툼으로 부모님들도 불편해졌을 때, 우리 아이가 다른 기 센 아이한테 끌려 다니는 것 같을 때, 유치원 때부터 사이가 좋지 않은 아이가 같은 반이 되었을 때, 모두 비슷하게 제가 경험했고 느껴봤던 감정이거든요. 학부모님의 동네 친구나 언니가 된 기분으로 이야기를 듣습니다. 보호자의 말을 충분히 듣고 공감해 주는 것만으로 문제의 반 이상이 해결됩니다.

'왜 저럴까, 저러면 안 되지 않나?'라고 생각했던 일들이 대부분 그럴 수도 있는 것이었습니다. 예전 같으면 분한 마음에 어떻게든 내 뜻을 관철시켜야 속이 시원할 때가 있었는데 이제는 그렇게까지는 아닙니다. 그럴 체력이나 시간도 없긴 하지만요. 경험해 보지 않은 것에 어쭙잖은 확신을 가지면 안 된다는 것을 알았습니다. 세상의 많은 일들은 좋든 싫든 충분히 일어날 만한 것이었습니다. 아이를 키운다고 제가 성숙한 인간이 되지는 않았습니다. 그래도 좋은 쪽으로 변한 것 중에 하나는 상대방의 처지를 너그럽게 바라보고 이해의 폭을 넓혔다는 것입니다.

어리고 불안했던 나에게

쌍둥이도 성격이 확연히 다릅니다. 저희 집 세 아이들도 저마다 성격과 기질이 달라요. 첫째는 예민하고 불안이 높고 잠이 별로 없었어요. 정말 많이 울었고 따박따박 따지기를 좋아합니다. 예민하기 때문에 긍정적인 면도 있긴 합니다. 17개월에 문장으로 말을 했고 가르치지 않았는데 만 4세부터 한글을 읽고 쓸 줄 알았습니다. 피아노를 잠깐 배웠는데 피아노 건반의 모든 음을 듣고 말할 수 있습니다.

둘째는 태어나서 50일 만에 통잠을 잤고 더 커서는 4, 5시간씩 낮잠을 자서 오히려 깨워야 하는 거 아닌가 걱정했습니다. 첫돌 전까지 울음소리를 모르겠다고 할 정도로 울지 않았습니다. 그 후에 많이 울었지만 애기니까 봐줄 수 있는 정도였어요. 분유 한 병 먹으면 바로 '딥슬립'하고 잠에서 깨면 방긋 웃었습니다. 현재 초2인데 이런 아이가 셋이라면 '애 키우는 거 쉽네.'라고 했을 겁니다.

숫자와 시계는 비교적 쉽게 깨우쳤지만 한글은 또 한 번의 인내심 테스트였습니다. 2초 전에 가르쳐 준 '가'라는 글자를 읽지 못해서(이미 몇 번 같이 읽었는데도) 제가 포효하며 자리를 박차고 일어나버렸습니다. 이런 것이 '친엄마 인증'이라고 들었습니다.

셋째는 이제 겨우 사람이 됐는데 언니들과 비교해도 어떤 기질과 성격을 가지고 있는지 아직 파악이 안 되고 있어요. 빵, 떡, 쌀밥 좋아하고 밖에 나가는 것을 귀찮아 한다는 정도 알겠어요. 아직 고양이와 강아지 수준에서 크게 벗어나지 못하고 있습니다.

세 아이의 공통점이라면 모두 내성적인 편이라는 겁니다. 친구들에게 스스럼없이 다가가거나, 처음 보는 저에게 와서 "저 그네 높이 탈 수 있어요!" 하는 아이들을 보면 신기합니다. '저런 아이들도 있구나!' 저희 아이들은 낯선 사람을 만나면 일단 제 뒤로 숨어요. 적응하는 시간이 필요합니다.

특히 저희 집 첫째는 친구를 좋아하고 함께 놀고 싶은 마음은 큰데 그 마음을 선뜻 표현하지 못하는 편이었어요. 어울리고 싶지만 어정쩡하게 주위를 맴돌거나 이미 놀고 있는 아이들 무리 주변에서 함께 노는 척을 하는 모습도 본 적이 있습니다.

아파트 단지에 어머님들끼리도 자주 만나고 아이들끼리도 친한 무리가 있었습니다. 그 무리는 놀이터에서 자주 모였습니다. 좁은 아파트 단지에서 바로 옆 학교를 다니다 보니 저와 제 아이도 그들과 서로 얼굴을 알고 친구의 친구로 연결되어 있는 관계였지요. 어느 날 제 아이가 그 무리에 섞여 놀고 싶어서 다가갔습니다. 얼음땡을 하려던 참이었는데 갑자기 그중 한 아이가 말했습니다. "나 갑자기 하기 싫어졌어. 안 놀래." 그러자 다른 아이들도 그 아이를 따라서 어디론가 가버렸습니다. 저희 아이만 혼자 덩그러니 남았어요.

다른 아이들은 이미 자전거나 킥보드를 가지고 나와 쌩쌩 달리고 있었습니다. 제 아이는 뒤늦게 가서 얼굴이 빨개지도록 뛰어 그들을 쫓아가기도 했습니다. 그 모습을 보니 속이 터집니다. 내 아이가 친구들과 어울리지 못하고 은근히 따돌림 받는 것 같을 때 부모라면 누구나 속이 상하지요. 아주 많이.

그럴 때 아이를 감싸주고 아이 편에 서주어야 하는데 아이에게 화를 낼 때도 있습니다. 겉으로는 엄마랑 놀자고 하거나 집에 들어가자고 하지만 사실은 속으로 짜증이 납니다. 너는 왜 애들하고 어울리지 못하냐고요. 왜 나는 짜증이 날까요. 내가 동네 엄마들이랑 어울리지 않아서 그런가, 나도 저렇게 다 같이 다니면서 친하게(친한 척) 지내야 하는 건가 싶기도 합니다.

아이의 그런 모습에 짜증이 나는 이유는 내가 싫어했던 내 모습을 아이를 통해서 떠올려야 했기 때문인 것 같습니다. 신나게 노는 아이들 사이에 끼고 싶어서 얼쩡거려보았지만 받아들여지지 않았을 때 외로움, 무안함. 누군가를 따돌리기도 했고 따돌림을 당해보기도 했던 기억. 그때 느꼈던 수치심이 내 아이를 보면서 스멀스멀 올라오는 것 같습니다. 아이는 학교를 잘 다니고 있고 놀이터에서 잠시 저럴 뿐인데 내 마음은 크게 요동칩니다.

심지어 저는 대학생이 되어서도 어떤 무리에 끼고 싶어서 억지로 같이 어울리기도 했었어요. 사실은 혼자 밥 먹고 도서관에 가서 책을 읽고 싶었습니다. 그런데 그렇게 하면 남들이 뒤에서 밥 먹을 친구도 없다고 수군거리지 않을까 눈치 보느라 무리를 따라다녔습니다. 내가 혼자 도서관에서 책 읽는 동안 저 아이들끼리만 재밌게 놀거나 내

험담을 하지 않을까 걱정했고요.

공강 시간이 길면 여럿이 택시를 타고 시내로 나가 피자를 먹고 오는 때도 있었어요. 저는 그것도 별로 내키지 않았습니다. 그냥 학교 매점에서 우유와 바나나 하나 먹고 숙제를 하는 게 낫다고 생각했거든요. 택시비도 아깝고요. 대학교 때도 남 눈치 보느라 그랬는데 중·고등학교 때는 더 심했죠. 그렇다고 무리에 잘 섞여 놀았던 것도 아니었어요.

저는 많이 불안했습니다. 혼자 조용히 있고 싶지만 그러면 사람들이 나를 어떻게 볼까 신경 썼습니다. 무리에서 놀아야 하고, 친구가 많아야 좋은 것이라고 생각했어요. 그 무리에 끼지 못하거나 같이 어울리는 몇 명의 친구가 없으면 사람들이 나를 만만하게 볼까 봐 불안했습니다. 누군가와 관계 맺는 것이 서툰 개인적 성격 문제도 있었을 겁니다. 하지만 내가 가진 내성적인 성격, 개인주의자로서의 성향을 무시하고 남들 눈에 좋아 보이는 관계를 맺어보려고 하니 엇박자가 났던 것 같아요. 그래서 더 외로워졌고요.

아이를 낳고 키우면서 아이와 함께 집에 단둘이 있는 시간이 많았습니다. 답답하기는 했지만 외롭지는 않았습니다. 동네 육아 동지들과 수다를 떨고 집을 오가며 노는 것도 나쁘지 않았습니다. 하지만 저는 아이들과 집에 있는 것이 제일 편하고 좋았습니다. 산책하고 싶을 때는 아이를 유모차에 태우고 천천히 걸었습니다. 아이와 둘이서 봄의 꽃을 보고 가을의 단풍을 보는 시간이 행복했습니다. 그렇게 육아를 하면서 깨닫게 되었습니다. 나는 최소한의 친밀한 관계만 있으면 되는 사람이라는 것을. 나를 사랑해 주고 내가 아끼는 몇 명의 사람만 있으면 된다는 것을. 혼자 있는 시간은 외롭지 않고 신나는 시간이라는 것을요.

혼자 책을 읽고, 혼자 도서관에 걸어 다니는 게 즐겁습니다. 라디오를 들으면서 집안일을 하고 청소를 합니다. 누구도 개입하지 않고 조용히 혼자 있는 시간이 무엇보다 소중합니다. 나는 억지로 누군가와 어울리지 않아도 충만한 시간을 보낼 수 있는 사람이라는 것을 아이를 키우면서 알게 되었습니다.

물론 마음이 통하는 사람과의 대화는 필요합니다. 꼭 필요하지만 가끔이면 됩니다. 어차피 마음이 통하는 대화는 어쩌다 한 번이지 그 속성상 자주 할 수 있는 게 아니니까요.

엄마를 이해하게 됐다

아이를 키우면서 부모님을 원망하고 미워했던 마음도 어느 정도 사그라졌습니다. 부모님 두 분을 타인으로 바라보고 이해하게 되었어요.

부모님은 휴일에 낮잠을 자주 주무셨습니다. 우리는 심심한데 왜 낮잠만 주무시나 했었어요. 두 분 모두 직장에서 일하고 퇴근하면 집에 와서 세 아이를 먹이고, 챙기고, 남은 집안일을 하셨습니다. 그렇게 아이 셋을 키우며 사셨던 거예요.

저희 엄마께서는 제가 첫째 낳고 복직할 수 있도록 2년 가까이 첫째를 키워주셨어요. 퇴직하신 후 바로, 주 5일제처럼 2시간 넘는 본인의 집과 저희 집을 오가며 헌신해 주셨습니다. 제 아이를 사랑으로 돌봐주시고 제가 사회에 나가 일할 수 있도록 애써주셨지요. 그 후로도 계속 저희 집에 자주 와서 육아와 집안일에 도움을 주셨습니다.

저는 그런 엄마와 혼자 속으로 일종의 화해 같은 것을 했습니다. 엄마가 저희 집에서 첫째를 돌봐주시는 동안 엄마에게 품었던 미움이나 불만이 꽤 많이 사라졌거든요.

제가 느끼는 엄마는 무뚝뚝하고 차가운 분이었습니다. 엄마는 본인의 감정을 거의 표현하지 않으셨고 타인의 감정도 무시하는 것처럼 보였어요. 한번은 퇴근하고 들어오시는 엄마에게 "엄마, 들어 봐. 내가 작곡한 거야!" 하며 피아노를 쳤습니다. 엄마는 무표정하게 "그래." 하고 방으로 들어가셨습니다. 무척 서운하고 무안했습니다. 그때 이후로 엄마에게 뭘 보여주거나 자랑한 적이 없는 것 같아요. 그런데 이제는 엄마가 그날 많이 피곤하셨나 보다, 엄마 반에 어떤 학생이 심하게 떠들었던 날인 가보다, 학교에서 업무가 너무 많았을지도 모른다는 생각이 들어요.

저는 아이를 낳을 때마다 산후우울증을 겪었습니다. 첫째 때는 엄청난 부담감과 두려움에 매일 울었습니다. 도대체 무슨 짓을 한 거냐고 스스로를 다그치며 시간을 되돌리고 싶었습니다. 저 어린 아기를 나보고 어쩌라는 건지 막막했습니다. 너무 작고 말랑해서 만지는 것조차 무서웠지요. 그런데 아이는 밤낮으로 울었습니다. 과장하는 게 아니에요. 정말로 밤낮으로 울고 낮잠이나 밤잠이나 깊이 자지 못했습니다. 잘 먹지도 않고, 잘 자지도 않고 우는 시간이 많았습니다. 그 시간은 그냥 버티며 흘려보내야만 했습니다.

어느 날 밤, 혼자 거실에 나와 운 적이 있었습니다. 첫째 낳고 친정집에서 몇 달 지내던 때였어요. 엄마는 그런 제 모습을 힐끗 보고 그냥 방으로 들어가셨습니다. 나만 혼자 덜렁 남겨진 기분. 그때는 정말 외로웠어요.

엄마는 안쓰러운 마음을 느끼지 못해서가 아니라 어떻게 위로하고 표현해야 할지 몰라서 그러셨던 것 같아요. 감정을 표현하는 게 어색하고 서투셨던 겁니다. 그때 일이 자주 제 머릿속에 떠오릅니다. 곰곰이 생각해 보니 저에게도 그런 면이 있는 것 같아요. 그래서 의식적으로 내 마음을 말과 행동으로 표현하려고 노력합니다.

엄마께서 언니, 저, 남동생이 강아지 키우자고 해도 안 키우는 이유가 '강아지 죽으면 너무 불쌍해서.'라는 말을 듣고 저는 충격을 받았습니다. 엄마도 그런 감정을 느끼다니! "개가 사람을 얼마나 좋아하는지 아냐, 얼마나 귀여운데. 그런데 죽으면 불쌍해서 안 된다."라고 하시는데 그때 처음 알았습니다. 엄마가 개를 좋아한다는 것을요.

제가 초등학교 1, 2학년쯤이었을 때 뭔가 억울한 일이 있어 엄마 들으라고 방안이 쩌렁쩌렁 울리도록 운 적이 있었습니다. 그때 엄마가 그 입 좀 다물라고 하면서 무섭게 화를 내셨어요. 내 얘기는 안 들어주고 화만 내는 엄마가 미웠습니다.

이제는 억울함과 미움보다는 그때 엄마의 행동이 이해가 돼요. 얼마나 듣기 싫었을지요. 저도 애들이 큰 소리로 우는 게 너무 듣기 싫거든요. 아이들 우는소리가 세지고 시간이 길어질수록 저의 고통도 심해지고 참기가 너무 힘들어요. 저는 아이들이 자기 뜻대로 안 된다고 소리 높여 우는소리를 떠올리기만 해도 가슴이 꽉 막히고 뒤통수가 뜨거워집니다. '나는 더 했을 텐데 그래도 엄마는 양반이네.'라는 생각이 들 정도예요.

엄마도 그 당시 지금의 제 나이 정도 됐을 테고 그냥 평범한 사람이었잖아요. 그런데 아이에게 엄마는 너무 크고 대단한 존재라서 '어떻게 엄마가 저럴 수 있냐'고 생각했었죠. 엄마가 제 얘기를 들어줬다면 좋았겠지만 제가 지금 겪어보니 그게 말처럼 쉬운 일이 아닙니다. 쉬운 게 아니라 아주 어려운 일입니다. '엄마가 그때 진짜 화나셨구나.'

하고 이제 이해가 됩니다.

사실 제가 애들한테 더 하면 더 했지 덜하지는 않은 것 같거든요. 화도 자주 내고 막말도 하고 내 맘대로 안 되면 괜히 애들한테 잔소리하고요. 어떻게 엄마가 그럴 수 있냐가 아니라 엄마도 사람이라 참고 참다가 화를 내는 거였습니다.

저의 엄마께서는 아이 셋을 낳고 키우시며 평생 교직에서 일하셨어요. 지금 제가 그렇게 살고 있잖아요. 선생님이 되었고 아이 셋을 키우고 있습니다. 저는 그나마 휴직을 오래 하고 있지만 엄마는 휴직도 없었습니다. 아이 셋 키우면서 직장을 다닌다는 게 얼마나 힘든 일인지 제가 잘 알죠.

엄마는 본인이 출근하는 바쁜 아침에도 몇 년 동안 도시락을 세 개, 네 개 정성껏 싸주셨어요. 도시락 통을 감싸고 있던 지리산 지도가 그려진 커다란 빨간 손수건이 아직도 기억납니다. 왕복 2시간 거리를 출퇴근하시면서도 아침밥을 챙겨주시고 퇴근하면 또 식사를 준비하셨습니다. 오늘은 뭘 먹나 고민하고, 준비하고, 먹이고, 치우는 일이 얼마나 부담되는지 제가 해보니까 알잖아요. 다 커서도 출퇴근하는 엄마가 차려주는 밥을 먹기만 하고 저는 설거지도 안 했어요. 부끄럽네요. 혼자 다 하지 말고 우리 좀 시키시지 싶지만 어쨌든 엄마가 대단해 보입니다.

부엌일이 엄청나다는 것을 알기에(아이가 셋이라 설거짓거리가 많습니다) 저는 아이들 어릴 때부터 먹은 그릇은 싱크대에 갖다 놓고 물 마신 컵은 꼭 씻으라고 해요(말한다고 듣는 것은 아닙니다). 얼마 전에 식기세척기를 샀는데 이거 없이 어떻게 살았나 싶어요. 제 방에서 뭐 좀 하다 보면 애들 밥 주는 것도 잊어버릴 때가 있거든요. 애들이 배고프다고 하면 "아이고, 벌써 시간이 이렇게 됐나?" 하고 겨우 자리에서 일어나 "오늘은 간장 계란밥이다."라고 할 때도 많습니다.

아빠를 이해하게 됐다

아빠께서 청소를 하다 도자기를 깨신 일이 있었습니다. 그때 저는 아무 잘못도 하지 않았는데 아빠는 옆에 있던 저에게 크게 화를 내셨습니다. '네가 거기 서 있어서 내가 도자기를 깬 거'라고요. 황당하고 억울했습니다. 그런데 저도 애들한테 그래요. 중요한 서류를 못 찾아서 짜증이 나는데 아이들이 옆에서 말을 시키거나, '나 혼자 있으면 그냥 샌드위치 사 먹겠는데 또 밥을 차려야 하나.'하며 겨우 밥을 차리는 중에 주걱을 떨어뜨리면 괜히 옆에 있는 아이들한테 화를 냅니다. 아이들은 아무것도 잘못한 것이 없는데요. 아빠는 만만한 사람에게 화풀이를 하신 거예요. 저도 그렇고요. 그게 잘했다는 것은 아닙니다. 아빠도 미숙한 면이 있으셨던 거예요. 아빠가 왜 그러셨는지 이해하게 되니 제 마음도 누그러졌습니다. 오히려 웃긴 에피소드가 되어 아빠에게 장난을 치는 용도로 활용하게 되었습니다.

저는 아빠에게 죄책감 같은 것을 가지고 있었어요. 아빠는 저에게 기대가 많으셨는데 그 기대에 부응하지 못했거든요. 중학교 때부터 학교 상담은 항상 아빠가 오셨습니다. 지금도 상담 때 아빠가 오시면 저 집은 엄마가 안 오시고 아빠가 오셨다고 기억하게 되는데 저희 집이 그랬어요. 저는 아빠가 오시는 게 자연스러웠고 엄마가 오시는 게 어색했습니다. 그만큼 아빠께서 저희들 교육에 관심이 많으셨습니다.

다정다감한 표현은 없으셨지만 자식에 대한 애정을 고된 일상에서 보여주셨어요. 더운 여름에 땀을 뻘뻘 흘리며 저희들 교복을 다려주셨습니다. 고등학교 3년 내내 언니와 저를 차로 등하교 시켜주셨어요. 저는 그게 그렇게 어려운 일인지 몰랐습니다. 하루 종일 직장에서 힘들었는데 자야 할 시간에 피곤한 몸을 이끌고 오시는 거예요. 딸이 밤늦게 집에 온다고요.

저는 저희 집 첫째를 학원 끝나는 시간에 맞춰 밤 10시쯤 데리러 가는 일을 2년 가까이 하고 있는데요. 거의 저녁이 없는 삶을 살고 있죠. 제가 고등학생일 때 저희 집에서 학교까지의 거리가 지금 제가 라이드 하는 학원까지의 거리보다 더 멀었어요. 아빠는 하루도 빼놓지 않고 오셨습니다. 그렇게 성실하게 저희를 키워주셨어요.

그런데 저는 학교 성적도 그리 좋지 않았고 삼수를 했습니다. 심지어 삼수하던 해에는 몰래 연애까지 했어요. 아빠는 제가 의사가 돼야 한다고 하셨습니다. 저는 의사가 되고 싶지도 않았고 공부를 그만큼 잘하지도 못했습니다. 스스로도 최선을 다하지 못했다는 생각에 괴로웠고 아빠께 죄송했습니다.

아이들을 학교와 기관에 보내면서 잠깐씩 시간이 생겼을 때 몇 차례 심리 상담을 받았습니다. 상담사님께 제가 아빠에게 느끼는 이런 감정을 얘기했습니다. 그때 상담사님이 물었습니다. "왜 아빠 말씀대로 해야 하죠?" 아빠가 자식에게 바라는 것은 아빠의 일이고 그렇다고 자식인 제가 그것을 따를 필요는 없다는 거예요. 그것은 아빠의 몫이고 저는 저의 갈 길을 가면 되는 거라고 하셨습니다. 아……! 제가 엄청 착한 딸은 아니거든요. 그래도 부모님을 기쁘게 해드리고 싶다, 부모님이 원하는 것을 하고 싶다는 생각이 있었어요.

아빠는 모임에 나가시면 우리 딸이 어느 고등학교에서

1등을 한다고 말하고 다니셨대요. 그 어느 고등학교는 아빠께서 이름을 지어낸 곳이었죠. 한마디로 뻥을 치신 겁니다. 그런 거짓말을 하면 금방 들통나는 거 아니냐고 물으면 "내가 하는 말은 사람들이 다 믿는다."라고 하셨어요. 황당하고 웃겼지만 아빠가 안 되어 보이기도 했어요. 실은 아빠가 원하시는 걸 해드리지 못해 죄송한 마음이 컸습니다.

자식이 잘 되면 어디 가서 어깨가 펴지고 당당해지는 느낌을 저도 알아요. 자주 느끼지는 못하지만 그게 뭔지 압니다. 자식이 얼마나 잘 되느냐에 따라 서열이 정해진다고 할까요. 저 같은 경우 아이들이 발레나 피아노 콩쿠르에서 좋은 상을 받으면 은근히 우쭐해집니다. 자식이 잘 됐으면 하는 마음, 덕분에 나도 기 펴고 다니고 싶은 마음, 지금은 충분히 압니다. 상담사님이 그런 걸로 죄책감 가질 필요 없다고 하셨지만 아빠를 생각하면 아직도 마음이 조금 무겁습니다.

제가 임용시험을 보러 갔을 때 일입니다. 저는 지방 중소도시에서 교대를 다녔고 시험은 경기도에서 봤습니다. 시험 하루 전에 친구들과 미리 올라갔어요. 그날 저녁 아빠가 상갓집에 가셨다고 합니다. 상갓집에 다녀오신 아빠는 왠지 찜찜하셨대요. 아이는 시험 보러 올라갔는데 아빠가 상갓집에 가는 것이 뭔가 잘못한 일 같다고 하셨어요. 실제로는 아무렇지도 않은 일이죠. 그런데 중요한 일을 앞두면 사람 마음이 약해지기도 하잖아요. 불안하셨던 아빠는 용하다는 점집에, 그것도 두 군데 가셨다고 합니다. 아니, 그런데 두 집 다 제가 떨어진다고 했대요. 저희 아빠는 평소에 그런 걸 보러 다니시는 분이 전혀 아니었습니다.

아빠는 저의 임용시험 결과가 합격이라는 것을 확인한 날, 그 이야기를 해주셨습니다. 엄마도 모르고 계셨대요. 아빠 혼자 말도 못 하고 끙끙 앓고 계셨던 거예요. 아빠는 제가 임용시험 보러 갈 때 편지를 써주셨습니다. 아직도 기억하는 구절은 '너의 노력이 선을 이루어 너를 도와줄 것이다.'입니다.

어떤 일을 할 때 성과를 내려면 운이 상당히 중요합니다. 그 좋은 운을 만들기 위해 마음에 걸리는 일은 하지 않으려고 하죠. 불안한 마음에 운세를 보거나 사주나 점을 보러 가기도 하고요. 그런데 저는 이런저런 말에 흔들리지 않는 편이에요. 왜냐하면 용하다는 분들도 제가 떨어진다고 했는데 붙었잖아요. 간당간당하게 붙은 것도 아니고 중간 이상 성적으로 됐어요. 나의 노력, 나를 걱정해 주는 사람들의 정성이 운을 만들고 좋은 결과를 만들어 내는 것이라고 믿게 되었습니다. 아빠 덕분에요.

엄마 아빠의 헌신 덕분에 제가 이렇게 살고 있습니다. 성실함과 책임감도 부모님으로부터 잘 이어받아 장착하고요. 엄마, 아빠에 대한 서운함이나 원망이 없는 건 아니에요. 아이 낳고 나서도 부모님을 많이 탓했습니다. 그런데 이제는 그렇게 하지 않습니다. 제가 감히 누구를 욕하겠어요. 부모님 탓할 게 아니라 '너나 잘하세요.'입니다.

지금은 건강한 몸과 까맣고 풍성한 머리카락을 주신 것에 진심으로 감사합니다. 저도 이제 흰머리가 나는데 망설임 없이 흰머리를 뽑을 수 있는 것은 부모님 덕입니다. 그분들은 고단하지만 포기하지 않고 자신들의 방식대로 주어진 역할을 충실히 하셨습니다. 아이 셋을 키우면서 겨우 알게 되었어요.

자책 금지

　자식도 부모에게 상처를 줍니다. 부모와 자식 사이가 좋지 않을 때, 그 문제가 자식에게서 오는 경우도 많아요. 부모의 양육방식에 문제가 있는 경우도 분명히 있습니다. 자식을 부모의 소유물로 여기는 것, 내가 원하는 대로 말하고 행동하기를 바라는 것, 내 새끼 지상주의 등 잘못된 방식도 있잖아요. 그래도 어쨌든 대부분의 부모는 자식을 잘 키워보려고 애쓰고 고민합니다.

　저의 부모님을 보고, 내가 아이를 키워보고, 주변의 아이 키우는 모습을 보니 엄마들이 '내 탓'을 그렇게 많이 합니다. 그런데 그게 아닐 수도 있어요. '꼭 부모 탓은 아니다'라는 겁니다. 아이가 문제 행동을 일으키거나 아프거나 어려운 일을 당했을 때 '내 잘못인가?', '내가 잘못 키워서 그러나?'라는 생각을 많이 하죠. 저도 그렇습니다. 그 '엄마 탓'에서 자유롭지 않아요. 그런데 이제는 생각이 꽤 바뀌었습니다. 극단적으로 말해서 자식이 사이코패스면 부모 때문에 아이가 사이코패스가 되었나요? 아니잖아요. 그냥 그렇게 생긴 겁니다. 더구나 자식이 커서 성인이 됐으면 이제 그들의 몫으로 주고 털어버려야지, 언제까지 미안해할 필요가 없습니다.

저희 엄마는 본인의 양육 방식과 태도에 대해 후회를 하십니다. 자녀교육과 심리 쪽 유튜브 채널을 많이 보시는데요. 새롭게 알게 된 것들이 있으셨나 봅니다. "그때 그렇게 했다면 너희들이 더 잘 됐을 텐데.", "내가 그때 너희들을 더 챙겼어야 했는데 돈 번다고 바쁘게 살았다."라고 아쉬워하십니다. 그러실 수도 있어요. 돌아보면 뭐든 아쉬움이 많이 남잖아요. 가지 않은 길이 자꾸 생각나고요.

그런데 저는 엄마가 직장 다니시는 게 좋았어요. 화장하고 옷 딱 차려입고 구두 신고 출근하는 엄마가 멋있어 보였습니다. 누군가 너희 집에는 왜 낮에 어른이 없냐고 물으시면 "우리 엄마는 학교 선생님이라서 그렇다."라고 당당하게 말했습니다. 비 오는 날 우산 가지고 나오신 적은 없지만 저는 아무렇지도 않았어요. 비 좀 맞으면 어때요.

우리 엄마는 일하느라 못 오신 거지 나 비 맞고 가라고 일부러 안 나오신 것도 아니잖아요.

엄마는 교원 합창단도 하셨어요. 엄마가 하얀 드레스에 진한 분홍색 재킷을 걸치고 무대 위에서 노래하던 모습은 아직도 사진처럼 제 기억에 남아 있어요. 그런 거 아무나 하나요. 저는 이제까지 한 번도 못 해봤고 앞으로도 못 할 일입니다.

엄마는 돌아보면 후회만 남는다고 하시는데 제가 볼 때 두 분은 평균 이상 또는 상위권으로 부모 역할을 하신 것 같아요. 다 잘 하는 사람이 있나요? 사람은 본래 불완전하잖아요. 일단 저만 봐도 부족한 것투성입니다. 입만 살았지 실제로는 제대로 하는 것이 별로 없어요. "엄마는 당시에 엄마가 할 수 있는 최선을 다한 거예요. 엄마는 열심히 살았고 할 만큼 하셨어요. 그다음은 자식들 몫이에요."라고 엄마께 말씀드립니다.

부모님은 부족한 부분도 있지만 열심히 사셨습니다. 당신들이 할 수 있는 능력 안에서 거의 다 하신 것 같아요. 솔직히 저는 너무 많이 받았다고 생각합니다. 부모님은 당시의 상황과 조건에 맞춰 자식들을 지원해 주고 문제를 해결했습니다. 그다음은 자식들이 그것을 받아 자신의 색깔

대로 펼치는 것인데 그걸 제대로 못 했다면 자식의 잘못입니다.

똑같은 부모 밑에서 언니, 저, 남동생 모두 다르게 자랐어요. 각자 생긴 대로 사는 거지 거기까지 부모님이 어떻게 할 수 없습니다. 저희 집 아이들도 똑같은 부모 밑에서 하는 짓이 다 달라요. 한 놈하고는 같이 크게 휘청거리고, 한 놈은(아직) 그런대로 쉽게 가고, 한 놈은 문제가 있을 것으로 예상됩니다. 부모로서 내가 지금 할 수 있는 일을 할 뿐, 자식 하나하나 다 내 맘에 맞게 잘 되게 할 수가 없잖아요. 똑같은 인풋을 주어도 아이들에 따라 각자 다른 아웃풋이 나옵니다. 그러니 부모님은 자책 금지입니다.

나를 찌질하게 만드는 나의 구원자

나의 가장 나약하고 비열한 모습이 육아를 통해서 드러납니다. 드러나는 정도가 아니라 억눌렸던 감정과 절제되어 있던 행동들이 극대화되는 것 같아요. 내가 이렇게 '찌질한' 사람이었나? 아이를 키우지 않았다면 발현되지 않았을지도 모를 모습이 나옵니다. 내가 이렇게 '강약약강'한 사람이었나? 그런 줄은 알았지만 이렇게까지 심할 줄은 몰랐습니다. 내가 얼마나 형편없는 사람인지 증명되는 순간이 많습니다. 엄마인 나에게 전적으로 의지하고 나를 일방적으로 조건 없이 사랑해주는 아이에게 갑질을 하는 것 같을 때도 있어요.

특히 저는 첫째와 갈등이 많았습니다. 어렸을 때부터 안 먹고 안 자서 제가 신체적, 정신적으로 많이 힘들었어요. 그리고 엄마에 대한 집착이 심해서 울면서 쫓아다닐 때는 정말 미치겠는 거예요. 아이 좀 재우고 저도 책이라도 한 줄 읽고 차라도 한 잔 마시고 싶은데 낮잠을 한 30분밖에 안 자요. 자고 일어나면 온몸을 비틀고 울면서 저를 찾아요. 한참을 달래줘도 계속 몸부림치며 울면 아이를 그대로 놔두고 다른 방으로 들어가 문을 잠급니다. 그러면 아이는 문이 부서지도록 치면서 소리를 지르고 울어요. 이어폰을 귀에 꽂아도 문을 세차게 두드리는 소리와 아이의 사나운 울음이 들려옵니다. 저는 문을 벌컥 열고 나가 아이에게 화를 냅니다. 아이의 몸을 잡고 같이 소리를 지릅니다. 그러고 난 후에는 나는 엄마가 아니라 악마인 것 같습니다.

당장 출발해도 이미 학교에 지각인데 아이는 어린이집 가기 싫다고 울고 있습니다. 어떻게든 보내보려고 달랩니다. 아이에게 화 내봤자 사태만 더 악화시킬 뿐입니다. 뒤돌아서 소파 쿠션을 내리치며 소리 내어 울었습니다. 그때 뱃속에 둘째도 있었어요. '이런 사람이 또 애를 낳아도 되나, 하나도 제대로 못 키우고 이 난리를 치는데…….' 그날 아침 출근하는 내내 눈물이 멈추지 않았습니다. 네 살 아이가 이렇게까지 엄마를 힘들게 할 수 있다는 것이 놀랍습니다. 아이 때문에 화를 내며 울고 있는 내 모습은 참담합니다.

첫째 아이가 3, 4학년이 돼서부터는 저와 아이 사이에 다툼이 잦아졌습니다. 저는 아이에게 말로 상처를 주고 아이는 울음과 반항으로 대응합니다. 서로 제대로 서 있기 힘들 정도로 감정의 소용돌이에 빠질 때가 많아요. 그러고 나면 아이가 먼저 저에게 와서 미안하다고 말합니다. 어렵게 용기 내어 울음을 참고 자기 얘기를 합니다. 그럼 저는 아이에게 말합니다. "뭐가 미안한데? 미안한데 하지 말라는 짓을 왜 계속하는 거야?" 저는 여전히 감정이 남은 채로 다그칩니다. 독설을 하기도 합니다. 내 감정만 앞세우며 아이를 몰아세웁니다. 나는 왜 이렇게 미성숙할까. 엄마라는 사람이 이래도 되는 걸까. 아이보다 못하다는 생각이 듭니다.

이런 행동들이 쌓여 첫째와 감정의 골이 깊어졌습니다. 아이가 컸을 때 멀어질까 봐 두렵습니다. 열심히 키워놨는데 다 커서 엄마 필요 없다고 하며 떠날까 봐서요. 사실은 그동안 엄마가 너무 미웠는데 이제 엄마 안 볼 거라면서 등 돌릴까 봐서요.

어떤 사람은 연애가 자신의 바닥을 다 드러내는 일이라고 하더군요. 동의합니다. 상대에게 구차하게 매달리고 질

척거립니다. 내가 그러기도 하고 상대방을 그렇게 만들기도 하며 은근히 즐길 때도 있어요. 그런데 애를 키우다 보면 그런 모습은 더 많이 나옵니다. 연애가 홍수나 화산 폭발이라면 육아는 아마겟돈이라고 할까요. 내 안과 밖에 숨어 있던 모든 감정과 욕망이 어떻게 해볼 새도 없이 터져 나옵니다.

그것을 적나라하게 보여줄 수도 있고 절제할 수도 있습니다. 인지하고 다듬어서 성장의 바탕으로 쓸 수도 있습니다. 육아를 하면서 솟아나는 그 복잡한 감정들과 변화는 좋은 것도 나쁜 것도 아닌 것 같습니다. 남에게 피해를 주지만 않는다면요. 다만 그 부정적인 감정이 아이에게 여과 없이 쏟아지지 않도록 인내 또 인내하고, 연습 또 연습해야 합니다. 나의 추한 모습을 인정하고 더 나은 모습으로 발전할 수도 있고 계속 남 탓만 하거나 한탄하며 지낼 수도 있지요. 더 나아가기 위해서는 나의 비열함과 나약함을 보면서 끊임없이 자신을 가다듬어야 합니다.

자존감이란

아이를 키우면서 나의 나약한 마음, 결핍된 정서, 나의 취향 같은 것들이 어느 때보다 선명하게 드러납니다. 부족함을 느낄 때마다 육아와 자존감, 심리, 상담 사례집을 읽었습니다. 나는 어떤 것을 좋아하고 싫어하는지, 내가 어떤 것이 부족한 사람인가도 아이를 키우면서 알게 되었습니다. 아이를 잘 키우기 위해서라기보다 나를 알기 위해 육아와 자존감 책을 열심히 봤습니다.

큰아이 키우는 게 너무 힘들어서 제가 상담도 몇 번 받았어요. 아이가 3학년 여름부터는 아이와 제가 같이 상담을 받으려고 했습니다. 그런데 아이는 별로 가고 싶어 하지 않았습니다. 갈 때마다 신경전이 벌어졌죠. 그래서 주로 저만 갔습니다. 일단 내가 바뀌어야 하고 내가 문제라고 생각했거든요.

상담을 받으며 책도 많이 읽었습니다. 주변 상황과 비교도 해보고, 다 내 얘기 같기도 해서 한동안 빠져서 읽었습니다. 결국 부모의 태도와 양육 방식이 아이의 성격과 태도, 자존감을 결정한다는 내용이었습니다. 상당 부분 동의하고 공감했습니다.

제가 아이를 키우며 상담을 받고 책을 읽으면서 나름대로 정의내린 것이 있습니다. '자존감의 처음과 끝은 있는 그대로의 내 모습을 받아들이는 것이다.'

저는 제 모습이 별로 마음에 들지 않았습니다. 키도 크고, 얼굴도 예쁘고, 공부도 잘하고, 친구도 많고, 영어도 잘하고, 노래도 잘하고 춤도 잘 춰서 신나게 놀 줄도 알고, 바이올린 연주도 수준급이고, 그림도 잘 그려야 합니다. 나는 원래 이런 사람이어야 하는 것이죠. 그런데 실제 모습은 이 중에 내세울 만한 게 하나도 없거든요. 강남에 아파트 두 채는 있어야 하고, 일하지 않아도 먹고 살 수 있는 현금흐름이 있어야 하는데 나는 그동안 뭐 했냐고 자신을 책망합니다.

아이도 나 편하도록 잘 먹고 잘 자고, 예쁘고, 키도 커야 하고, 부모님께 예의 바르고, 돈 드는 일은 안 하고, 그냥 공부 열심히 하고 공부도 잘해야 하는데 그게 안 되는 거예요.

실제 나와 이상적인 나는 달라도 한참 다른데 이상적인 나만 생각하고 나는 못났다고 스스로를 괴롭혔습니다. 큰 나무가 있고 작은 나무가 있고, 빨간 꽃이 있고 노란 꽃이 있듯이 다 다르잖아요. 그런데 나는 무조건 큰 나무여야 하고, 화려해야 하고 시선을 끄는 꽃이어야 하는 거예요. 실제로 제 마음을 울리는 것은 틈새에 피어난 민들레입니다. 보도블록 사이에 핀 민들레가 대견하고 예뻐서 한참 바라볼 때도 있어요.

아이도 있는 그대로 바라보고 있는 그대로 받아들여줘야 합니다. 말은 쉬운데 실제로는 대단히 어렵지요. 아이들이 나 보기에 예쁜 짓만 했으면 좋겠고 마음에 안 들면 왜 저러나 합니다. 무엇보다 나 자신이 마음에 안 들면 상대방이 더 못마땅해집니다.

누군가는 사랑에 대해 이렇게 정의하더군요. '사랑은 상대방을 있는 그대로 받아들이는 것이다.' 각자 사랑에 대한 생각이 다르고 정의도 다양하지만 제가 생각하는 사랑은 이것입니다. 사랑이 무엇인지 잘 모르겠지만 사랑이라는 게 있다면 그것은 상대방을 있는 그대로 받아들이는 것이라고요.

아이를 사랑한다면 비교하지 않고, 내 뜻대로 맞추려고 하지 않고 아이 자신만의 모습으로 키워줘야 합니다(그래서 저는 아이들한테도 사랑한다는 말을 못 하는 것 같습니다). 나 자신을 사랑한다면 이상적인 내가 아니라 현재 내 모습을 있는 그대로 받아들여야겠지요.

저는 그게 자존감인 것 같아요. '나의 모습 그대로 받아들이는 것, 나를 사랑하는 것'이요. 그러면 자존감은 쉽게 흔들리지 않습니다. 자존감이라는 게 직장에서 상사가 날 못살게 굴어서, 시험에 떨어져서, 사귀는 사람마다 날 떠나가서, 아이가 내 말을 안 들어서 떨어지는 게 아닌 것 같아요. 괴롭고 우울하지만 자존감은 내 마음속에 굳게 자리 잡아 나를 지켜줍니다. 그 굳건함을 가지고 오늘을 살고 내일을 기다리고 다음 단계로 천천히 나아가는 거죠.

자존감에 대한 또 다른 생각

하도 자존감, 자존감 하니까 자존감이라는 말이 사실 좀 지겨워진 데다 반발심까지 생깁니다. '아, 그래 나 자존감 낮다! 그래서 뭐 어쩔 건데? 그냥 자존감 낮은 대로 살란다.' 이렇게 되었다고 할까요. 하도 자존감 낮다고 구박당하고 아이 자존감 낮은 것은 엄마 탓이라고 하니 '나도 모르겠다.' 이렇게 된 것 같기도 하고요. '내 자존감은 내가 정할게요.'라고 말하고 싶기도 합니다. 내 마음의 상태조차 남이 정해준 자존감 레벨에 따라야 하는 것이 마땅치 않습니다. 이런 생각도 있는 그대로 받아들이고 남한테 폐 끼치지 않는다면 하고 싶은 대로 하고 살려고요. 애들도 자기들이 알아서 크겠죠. 나만 잘하면 됩니다.

계획대로 되지 않아도 괜찮아

셋째 아이를 임신하고 낳기 전까지 저는 대체로 사는 게 내 마음대로 되는 건 줄 알았습니다. 세상이 정해 놓은 매뉴얼을 바탕으로 내 계획이 착착 진행되어야 했던 거예요. 내 뜻대로 안 되면 조급해졌습니다. 그래도 계획대로 큰 무리 없이 살고 있고 앞으로도 그럴 것이라고 생각했습니다. 결혼을 하지 않겠다고 했지만 일찍 했고 아이를 낳지 않겠다고 했지만 둘이나 낳았던 그때도 이 정도는 괜찮다고 생각했습니다. 비록 우선순위는 아니었지만 선택지에 아예 없던 것도 아니었거든요.

그런데 셋째 아이는 제 인생의 판이 완전히 뒤집히는 일이었습니다. 전혀 계획하지 않았고 절대 있을 수 없으며 반드시 막아내야 하는 일이 일어난 것입니다. 셋째의 임신과 출산으로 육아 휴직은 더 길어졌고 우리 집의 경제, 사는 집, 다섯 명이 된 우리 가족의 관계, 저의 몸에 대대적인 변화가 있었습니다.

결혼도 안 하고 애도 안 낳고 싶었지만 이왕 낳는다면 둘은 낳고 싶었습니다. 그 둘이 자매였으면 했습니다. 그런데 딸 둘이 떡하니 건강하게 태어난 거예요. 남편은 성실하고 부부 사이도 좋았습니다. 경제적으로 부족함도 없었습니다. 휴직은 3년만 하고 복직해야겠다고 계획하고 있었지요. 당시에는 행복하다고 생각했고 행복해서 다른 사람들이 부럽지 않았습니다. '예쁘고 돈 많은 연예인도 이런 남편 없고 이렇게 귀여운 딸 둘 없잖아! 지금 나는 참 좋다'고 느꼈습니다.

육아는 정말 힘들었습니다. 힘들긴 무지하게 힘든데 그만큼 좋은 것도 있으니 참고 견디고 있었어요. '여기서 아이가 더 생긴다면 어떻게 될까?' 그런 생각이 떠오르면 가슴에 뜨거운 게 철렁 내려앉는 기분이었습니다. 무서웠지요. 그 임신과 출산 과정을 다시 겪는 것도, 갓난아기를 키우는 것도, 내 계획이 틀어지는 것도 싫었습니다. 슬픈 예감은 틀리지 않는다고 하죠. 아이가 생겼습니다.

저는 무려 7년이나 휴직을 하게 되었습니다. 기질적으

로 무척 예민한 첫째는 제가 셋째를 임신하면서 더 예민해졌고 밤에 깨서 많이 울었습니다. 지금 생각해 보면 야경증이었던 것 같습니다. 그때는 그것도 모르고 왜 이렇게 깨서 우냐고 아이를 탓했습니다.

한없이 믿었던 남편도 미워졌습니다. 피임을 제대로 안 한 저의 책임도 있어요. 하지만 아이 둘 낳고 바로 비뇨기과에 가서 정관수술을 하라고 했는데 안 한 남편이 원망스러웠습니다(셋째 태어나고 바로 정관수술을 받았습니다). 정관수술을 안 한 이유는 '이상할 것 같아'였습니다. 저는 피를 철철 흘리며 아이를 둘이나 낳았는데 이상할 것 같다는 이유로 정관수술을 미루고 이 사태를 만든 남편에게 실망했습니다.

남편은 확실히 남입니다. 누구도 내 몸과 내 삶을 책임져 주지 않는다는 것을 그때 깨달았습니다. 임신과 출산이 여자에게 얼마나 큰 책임과 부담인지 남편은 잘 모릅니다. 나를 아끼고 좋아하는 사람이니까 알 거라고 생각했습니다. 아니요. 모릅니다. 알 수도 있겠지만 여자만큼은 모릅니다. 겪어보지 않은 일이니까요. 그러니 내 몸은 내가 책임져야 합니다.

첫째가 정서적으로 많이 불안해졌습니다. 몸도 마음도

힘든 저는 그런 아이의 마음을 받아주지 못했습니다. 둘째는 타고난 순둥이였습니다. 그런 둘째와 첫째를 제가 비교하면서 첫째가 더 우울해했던 것 같아요. 남편과 저, 저와 첫째가 싸우고 소리 지르는 날이 많아졌습니다. 왜 갑자기 아이가 또 생겨나고 나는 바보처럼 아무것도 할 수 없는 것인지 괴로웠습니다.

낙태수술을 받을까도 진지하게 고려해 보았지만 그것도 쉽게 할 수 있는 게 아니었습니다. 적극적으로 알아보지도 못했어요. 내가 제대로 피임 안 하고 내 욕망으로 아이를 만들어 놓고서는 이제 와서 계획에 없었으니 지우겠다는 것이 양심에 찔렸습니다. 태어나지 못한 아이가 평생 저를 따라다니며 괴롭힐까 봐 무섭기도 했어요. 남편은 "나는 아무 말도 못 하겠다." 하며 고개를 푹 숙이고만 있었습니다. 남편을 붙잡고 울면서 어떡하냐고 다그쳐보지만 답이 나올 리가 없죠. 남편이 "그럼 낳지 말자."라고 했을 때는 "너는 나쁜 새끼다. 네가 그러고도 아빠냐."라고 또 울었고요.

결국 셋째를 낳았고 아이는 건강하게 자라주었습니다. 그런 아이가 이제 일곱 살이 되어서 내년에 학교에 들어갑니다. 고백건대 셋째가 엄청나게 귀엽습니다.

아이 셋은 절대 있을 수 없다고 했는데 셋째 아이가 생겼습니다. 그로 인해 내 인생은 끝났다고 생각했어요. 지금은 그 아이 덕분에 더 열심히 살고 싶어집니다. 건강하게 오래 살아야 할 이유도 하나 더 생겼고요.

그때는 그렇게 괴롭던 일이 이제 보니 그렇게까지 고민할 일은 아니었던 것 같아요. 돌아보니 오히려 기회였어요. 예상하지 못한 일들이 끊임없이 생기면서 왜 하필 나한테 이런 일이 생겼나 원망할 때도 있습니다. 하지만 그것이 결국 좋은 일로 돌아올지 안 좋은 일로 돌아올지는 모릅니다. 인생은 뜻대로 되지 않는 것. 그러니 아등바등하지 말 것. 그냥 오늘 하루 최선을 다할 것. 이게 요즘 제가 사는 방법입니다.

3.

인생은 원래
달콤하고 슬프니까요

겨우 알아차리다

셋째를 임신하고 낳는 과정에서 불편한 진실을 마주하게 되었습니다. 그중 하나가 이 세상은 남성 중심이라는 것이었습니다. 어렴풋이 알고 있었지만 이미 그런 세상에서 키워지고 살아왔기 때문에 그게 크게 문제라고 생각하지 못했습니다.

둘째를 임신했을 때 병원에서 의사가 둘째는 아들일 것 같다고 했습니다. 남편이 시부모님과 얘기하다가 그 소식을 전했나 봐요. 둘째가 아들인지 딸인지 남편에게 물어보셨대요. 시어머님께서 저에게 전화하셔서 "둘째는 아들이라면서. 기쁘냐."라고 물으셨습니다. "네? 뭐 네. 저는 자매를 원했지만 아들도 좋죠."라고 대답했습니다. 몇 주 후 아들인 줄 알았던 배 속 아기가 자세히 보니 딸이라고 하더군요. 애초에 딸이었는데 의사가 아들로 잘못 본 것이었습니다. 이 소식은 저에 의해 시부모님께 전해지게 됩니다.

당시 남편은 외국 출장 중이었고 제가 시부모님과 통화하다가 말했습니다. "둘째 딸이에요. 아들인 줄 알았는데 딸이래요." 건너편에서 이어지는 침묵. 어머님께서 속삭이듯이 아버님께 말씀하시는 게 들립니다. "둘째도 딸이라…….", "어머님, 서운하세요? 딸 있으니까 아들도 있으면 좋죠. 그런데 저는 딸이 더 좋아요." 하고 아무렇지 않게 말했습니다. 멀리서 아버님 목소리가 들립니다. "딸 있으니까 아들도 있으면 좋지!"

셋째가 딸이라고 했을 때 의외로 시부모님은 그에 대해 별다른 말씀이 없었습니다. 아이를 또 낳고 키우는 게 안쓰러워서 그러셨을 수도 있고 셋째까지 딸이라니 포기하는 심정이었을지도 모릅니다. 시부모님은 남편에게 "네가 혼자라서 외로운데 너는 자식이 많으니 좋다."라고 하셨습니다. 친정 부모님은 어떻게 셋을 키우냐고 저를 걱정하셨어요. 뭐 하러 아이를 하나 더 낳아서 힘들게 사냐고 하시며 셋째를 낳지 않기를 바라셨어요. 아들이면 모르지만 딸인데 더 낳을 필요가 없다고 하셨습니다.

아들, 아들 하시는 저희 부모님과 시부모님 때문에 저도 기분이 좋지는 않았지요. 저의 아빠께서는 당신의 첫 손녀를 '태남이'라고 부르셨습니다. 대놓고 '아들을 낳아야 한다.'라고 하셨고요. 사위 앞에서는 그런 말씀 안 하시다가 꼭 제 앞에서 더 하시는 것 같았어요. 시부모님도 제 앞에서는 티를 안 내셨지만 어른들은 한마음 한뜻이셨을 것 같습니다. 하지만 저는 '그래서 뭐 어쩌라고요.'라는 태도로 크게 신경 쓰지 않았습니다.

시할머니께서도 "딸밖에 없냐. 아들을 낳아야지."라고 저에게 말씀하신 적이 있습니다. 그 옆에 계시던 시어머니께서 저의 편을 드신다고 "에미 기분 나쁘게 그러지 마세요. 아이고, 어머님 생각해 보세요. 그런 말 하면 에미 기분이 어떻겠어요? 딸만 있는 게 어때서요! 어머님이 그런 말 들으면 기분 좋겠어요?"라고 짐짓 화난 말투로 저 대신 크게 대답해 주셨어요.

저는 그냥 듣고만 있었습니다. 의미 없는 말씀이라고 생각한데다 딱히 할 말도 없었고요. 그때는 어머님께서 어색한 분위기를 풀고 저를 감싸주신다고 생각했습니다. 나중에 가만 보니 좀 애매한 면이 있습니다. 어머님 말씀을 달리 해석하면, 딸만 있는 것은 안타까운 일인데 그걸 들추어 왜 아들이 없냐고 하면 안 된다는 겁니다. 아들 없는 사람에게 왜 아들 없냐고 하면 남의 약점이나 상처를 건드리는 게 되는 거죠. 뚱뚱한 게 콤플렉스인 사람에게 '너 왜 이렇게 뚱뚱하냐'고 하면 실례이듯 말이죠. '내 손주 중에 남자가 없어서 속상한데 어머님까지 왜 그러세요.' 같은 뜻이 깔려 있는 겁니다. 어머님께서 그때 저를 감싸 주신다고 느낀 건 '나도 아들 하나 있어야 떳떳한데 아들 없으니까 이런 소리를 듣네.'라고 생각했던 것이고요.

당시만 해도 어른들이 왜 그렇게까지 아들을 원하는지 몰랐습니다. 딸도 있고 아들도 있으면 좋으니까, 어른들은 '원래' 아들을 좋아하니까 그러시나 보다 했죠. 어른들 마음에 드시게 아들을 낳아드릴 수도 없잖아요.

그래도 궁금했습니다. 왜 아들을 좋아할까. 뱃속의 셋째가 생기고 셋째 딸을 낳고 키우면서 그제야 예민한 시선으로 알아차리게 되었습니다. 주변의 남성 중심적 언어와 제도, 여성이기 때문에 겪어야 하는 차별. 세상은 원래 그렇게 돌아가고 있었는데 제가 인지하지 못한 것뿐이었습니다.

얼마 전 이사를 했습니다. 제가 먼저 새로 이사한 곳으로 주소지를 옮기고 세대주가 되었습니다. 다음으로 남편이 주소를 옮겼어요. 저를 세대주에서 세대원으로 바꾸고 자신을 세대주로 하느라 복잡했다고 했습니다. 저에게 사전에 말하지 않고 그렇게 했습니다. 제가 세대주였어도 됐을 텐데요. 지금까지 남편이 세대주였고 저는 세대원이었기에 그걸 당연하다고 생각한 겁니다. 세금이나 청약 등을 지금까지 남편이 세대주로서 해결해 왔으니 그럴 수 있습니다.

그런데 저는 기분이 이상했습니다. 안 좋은 쪽으로요. '나도 이제 세대주'라며 슬며시 기뻤습니다. 한 번도 해보지 못했던 가정의 대표라는 타이틀이 문서로 생기는 거잖아요. 한 번 정도 제 의견을 물었다면 좋았을 겁니다. 남편이 저에게 세대주 할 거냐고 물었다면 세대주로서 귀찮은 일들도 있으니 그냥 당신이 하라고 했을 겁니다. 그래도 "당신이 세대주 할 거야?"라고 나에게 선택권을 주는 것과 일방적으로 세대주에서 세대원으로 옮겨지는 것은 다릅니다. 남편도 당연히 자신이 세대주가 되어야 한다고 생각했던 겁니다.

이렇듯 우리의 인식과 일상의 제도들은 남성 중심입니다. 남자가 여자보다 사회적, 경제적, 정치적 권력을 더 많이 가지므로 아들을 낳는 것은 권력을 가지는 것이었습니다.

딸 키우기는 쉽다

"딸 셋은 아들 둘보다 낫죠. 아들 둘 키우기가 더 힘들어요." 초면에 첫째 같은 반 아이 엄마가 저에게 한 말입니다. 첫째가 어렸을 때는 첫째 친구들, 엄마들과 자주 어울렸습니다. 어느 날 첫째 친구들을 만나 세 집이 함께 점심을 먹은 적이 있었습니다. 아들 둘 키우기 너무 힘들다며 딸은 키우기 편하지 않냐고 저에게 묻더군요.

저는 이것을 '신(新) 아들부심'이라고 명명했습니다. 시대에 뒤떨어지거나 차별적으로 보일까 봐 대놓고 '아들 가진 유세'를 할 수는 없어서 힘들다는 말로 대신합니다. 딸 키우기는 별로 힘들지 않은데 아들은 너무 키우기 힘들다고요. 그 힘든 일을 내가 하고 있다는 것이죠. '나는 호랑이를 키우는데 어디 강아지 키우는 사람이 힘들다고 하느냐'라고 할까요. 딸들은 자기 할 일을 영악하게 잘 하는데 아들들은 순진해서 그런 여자애들한테 휘둘린다는 말로 은근히 깎아내리기도 합니다. 실제로 아들 키우는 것이 더 어렵지 않냐며 딸만 있는 분들도 순순히 인정합니다. '딸 키우기 너무 힘들다.'라는 말은 잘 안 합니다. 공감을 얻지 못하거든요. 아들 키우는 것은 어려운데 딸 키우기는 쉽다는 암묵적 공감대가 있나 봅니다.

자식 키우기 어렵다는 말을 할 때조차 아들이 있어야 육아의 힘듦을 인정받습니다. 가장 설득력이 있는 말은 '내가 아들도 키워보고 딸도 키워봤는데'입니다. 내가 딸도 키워보고 아들도 키워봤는데 딸 키우기가 더 힘들다는 말을 하는 분이 계시면 든든합니다.

독서 모임에서 매주 만나는 분이 계셨습니다. 본인의 딸이 고등학생인데 그 딸이 1년가량 스토킹을 당했다고 합니다. 굉장히 힘든 시간을 보냈고 학교를 그만두는 것까지 진지하게 고민했다고 하셨어요. 그 일을 겪으면서 아들, 딸 둘을 키우지만 딸 키우는 게 더 힘들었다고 하셨습니다. 이런 고통이 딸 키우기 힘들다는 근거가 되는 것에 슬픔과 끔찍함을 느낍니다.

제가 아들 없는 자격지심에 그럴지도 모릅니다. 남성 중심 사회에서 남자 자체가 권력인데 저는 아들이 없잖아요. 권력이 없는 것이죠. 권력이 없으면 권력 앞에 알아서 조용히 있어야 하는데 아들 키우기 힘들다는 말에 반기를 들면 안 되지요. 프로이트의 주장에 따르자면, 어머니들은 아들을 낳으면서 자신에게 없었던 남성의 성기를 달게 되었다고 느낀다고 합니다. 여성이라는 이유로 차별받고 억울함을 당해왔는데 자신의 몸으로 아들을 낳았으니 당당해지는 것이죠. 『박완서의 말』이라는 책의 한 구절을 인용합니다.

"그러니까 우리 주위에서 흔히 볼 수 있듯이 무력했던 한 며느리가 아들을 낳게 되면 당당해지고 힘을 얻게 되는 것입니다."

— 박완서, 『박완서의 말』(마음산책) 중에서

그래서 제가 당당함 대신 아들 없는 열등감이 있을지도 모릅니다. '그럴지도 모른다'고 말하는 이유는 제가 열등감이 있긴 있는데 그게 다른 원인 때문인 것 같아서입니다. 꼭 아들이 없고 여자라서라기보다는요.

세상은 분명 남성 중심이고 여성이 차별을 받습니다. 그렇다고 여자라서 꼭 못 할 것도 없는 것 같아요. 여자라서 못 하는 것이 아니라 저의 개인적인 능력과 노력이 부족한 탓이죠. 그래서 성취를 못 한 것이지 제가 여자라서 못 한 것은 아닌 것 같습니다. 물론 여자이기에 더 많은 노력과 주의가 필요한 것은 사실입니다. 저의 열등감이나 피해의식이 남자가 아니라서, 아들이 없어서일 수도 있겠지만 그 비중이 크지 않다는 것입니다. 사회적, 제도적인 측면에서는 또 다른 얘기이고 개인적 열등감이라는 면에서는 그렇습니다.

저도 딸 키우는 게 더 쉬웠으면 좋겠습니다. 어차피 자식 키우는 일이 힘든데 좀 쉽게 가고 싶거든요. 저는 아들을 안 키워봐서 뭐가 더 쉽다, 어렵다는 말은 못 하겠습니다. 짐작건대, 남자아이가 신체적으로 힘이 세니 아이가 어릴 때는 물리적 에너지가 더 소모될 것입니다. 사춘기 때는 반항하면 어떻게 해보지도 못하겠고요. 고집은 부리는데 덩치는 크지 말도 안 통하지 상대하기 참 어려울 것 같습니다.

그런데 딸이든 아들이든 누가 더 키우기 힘든지 그걸 따지는 게 무슨 소용이 있나요. 이거 따지면 자식 키우는 일이 쉬워지나요? 자식 키우는 일은 전부, 그냥 전부 다 힘

듭니다. 아이 각자의 기질과 성격에 따라 힘듦의 정도가
달라질 뿐이죠. 아들 둘 키우기가 딸 셋 키우기보다 더 어
렵다고 하신 분도 본인 육아의 고단함을 그렇게 표현하신
걸 겁니다.

하지만 아쉽게도 저는 이런 말을 여러 번 들었습니다.
딸 셋이면 얼마나 예쁘냐 아들 셋인 것보다 훨씬 낫다는
말도요. 그럼 저는 이렇게 말하고 싶습니다. 딸은 생명과
안전에 위협을 받는다고요. 자식의 생명과 안전이 불안한
데 그보다 더 힘든 일이 또 있겠냐고요.

얼마 전 대낮에 신림동 공원 등산로에서 한 여성이 너클
을 손에 끼운 남자에게 무차별적으로 폭행을 당한 후, 성
폭행까지 당해 사망했습니다. 2023 여자축구 월드컵 우
승 시상식에서 스페인 축구 연맹 회장이 스페인 대표팀 공
격수의 얼굴을 끌어당겨 강제로 입을 맞추었습니다. 뉴스
에 나오는 것만 찾아도 사례는 넘쳐납니다. 여자 혼자 사
는 원룸에 남자가 갑자기 들이닥쳐서 폭행하는 사건, 성폭
행까지 당했다는 이야기는 주변에서 많이 들었고 본 적도
있습니다. 이런 폭행 사건의 경우 피해자는 거의 여성입니
다. 그 피해자도 누군가의 딸이겠지요.

딸 키우기 불안하니 '이래서 아들을 낳았어야 했나.' 하는 생각도 듭니다. 그럼 요즘은 남자들도 조심해야 한다고 합니다. 맞는 말이지요. 그렇지만 상대적 빈도와 강도를 보면 피해자가 여성인 경우가 압도적입니다.

A는 B에게 스토킹을 당한다. 경찰이 B에게 접근금지 명령을 내렸지만 B는 이를 어기고 A를 찾아가 폭행하고 죽인다. A와 B 중 누가 여자이고 누가 남자일까.

A와 B는 사귀는 사이다. 보통 연인들처럼 싸울 때가 있는데 그게 점점 심해져 B는 A를 때린다. 미안하다고 사과하지만 똑같은 행태가 반복된다. A가 무서워서 연락을 받지 않으면 B는 집 앞에서 기다린다. 무섭지만 아직 미련이 남아 한 번 더 기회를 주기로 한다. B는 또 A를 때린다. 화가 난다고. 누가 남자이고 누가 여자일까.

늦은 밤, 일을 마치고 A가 혼자 걸어간다. B는 A 뒤를 따라가다가 갑자기 입을 막고 폭행한다. A는 소리를 지르며 저항하지만 역부족이다. 누가 남자이고 누가 여자일까.

스토킹, 데이트 폭력, 밤거리에서 낯선 사람에 의한 폭행은 말을 안 해서 그렇지 생각보다 많이 일어납니다. 생명과 안전뿐 아니라 생계와 자립, 사회적 인식에서 부모는 또 걱정입니다.

A와 B는 대학에서 만나 결혼한 사이고 최근에 아이를 낳았다. A는 어쩔 수 없이 직장을 그만두었고 경력이 단절되었다. A가 공부를 더 못한 것도 아니고 직장에서 일을 더 못한 것도 아니었다. A와 B 중 누가 여자일까.

A와 B는 어린 나이에 혼전임신을 한다. B는 도망가서 연락이 두절되었고 A는 혼자서 아이를 키운다. 사람들은 A가 어린 나이에 애를 낳았다고 뒤에서 욕한다. A와 B 중 누가 여자일까.

초등학교 때 저를 심하게 괴롭히던 남자아이 때문에 학교 가기가 싫어서 선생님께 말씀드렸습니다. 선생님의 대답은 "저 애가 널 좋아해서 그래." 도서관에서 공부하고 밤에 혼자 집에 오는데 길을 묻길래 대답해 주려고 했더니 자신의 성기를 보여주며 웃던 남자, 내 손을 주물럭거리면서 상담하던 재수학원 담임, "너는 내 첫사랑이랑 닮았어. 키스하고 싶은 입술이야."라면서 식사 자리 맞은편에서 웃던 선배 교사, 만삭인 나에게 성희롱 같은 말과 훈계를 늘어놓았던 학교 관리자들, 모두 정신적, 신체적 안전을 불안하게 합니다.

몇 년 전 독서모임에서 성 역할과 차별에 대한 주제로 이야기를 나눈 적이 있었습니다. 그중 한 분이 나는 살면서 성차별을 받아본 적이 없으며 지금도 자기는 그런 게 있는지 잘 모르겠다고 했습니다. 그리고 저에게 '그렇게 편협한 생각'을 가지면 안 된다고 했습니다. 그분에게 이렇게 말했습니다. "강남역 살인 사건 때 가해자는 몇 명의 남자를 돌려보내고 여자가 왔을 때 범행을 저질렀다. 폭행, 강간 피해자가 여자가 많냐, 남자가 많냐."

여성의 경우 안전과 생명에 대한 원초적인 걱정을 해야 합니다. 데이트 폭력과 가정폭력, 성폭력, 스토킹 등 일상이 불안합니다. 경단남, 남성안심화장실, 남성안심귀가 같은 말을 들어본 적 있으세요? 경단녀, 여성안심화장실, 여성안심귀가는 있습니다. 화장실, 귀갓길조차 여성에게는 위험한 곳입니다.

더 나아가 관계에서의 열위까지 감내해야 합니다. 사회에서 받는 성희롱과 성추행, 경력 단절, 여자이기 때문에 감당해야 하는 사회적 비난과 차별까지 딸을 가진 부모가 함께 견뎌내야 하는 것입니다.

그러니 딸 키우기가 더 힘듭니다, 라고 말하고 싶지는 않습니다. 사실 딸이든 아들이든 누가 더 키우기 힘든지 생각해 본 적이 없었습니다. 주변에서 딸은 키우기 쉽다, 아들 키우기가 더 어렵다는 말을 듣기 전까지는요. 저 살기 바빠서 그런 생각 할 시간이 없었거든요. 애들 키우는 것만 해도 등골이 휘도록 힘든데 거기서 또 아들, 딸 나누어서 생각하고 싶지가 않아요. 다만 저는 우리 딸들이 안전하게 학교에 다니고 혼자서 공원에 가고 밤길을 다닐 수 있기를 바랄 뿐입니다.

그 아이 엄마가 아니었더라도

"저러니 남자애들이 성폭행하지." 귀를 의심했습니다. 뭐라고? 어떻게 저런 말을. 그 말을 한 사람 옆에 일행 두 명이 있었는데 그들에게 같은 말을 몇 번 더 하는 거예요. 그 말을 듣고 있던 사람들은 다행인 건지 다행이 아닌 건지 아무런 대꾸도 하지 않았습니다.

저는 그때 제 아이가 구름사다리 타는 것을 지켜보고 있었습니다. 제 앞에 있던 한 아이 엄마가 시소를 타는 여자 아이를 보면서 그런 말을 한 거예요. 초등학교 6학년 정도 되어 보이는 그 아이는 짧은 반바지를 입고 있었습니다. 저러니 남자애들이 성폭행을 하는 거라고 두 번이나 더 일행들에게 말했지만 반응이 없자 이렇게 말했습니다. "질투 나서 그러는 거야, 나는 저런 반바지 못 입잖아."

속이 부글부글 끓으면서도 어떻게 해야 할지 몰랐습니

다. '뭐라고 한마디 해줘야 하나, 뭐라고 하지? 모르는 사람인데 어떻게 말을 시작해야 하지? 만날 일 없을 것 같으니까 싸워도 되겠지? 아니 이 동네는 좁아. 어디서 어떻게 만날지 몰라. 몸 사리는 게 좋아. 학부모로 만나면 어떡하려고. 저런 말을 하는 사람이면 이상한 사람이 분명한데 저런 이상한 사람이랑 학부모로 엮이면 어쩌려고. 교사가 학부모에게 멱살 잡히고 고소당하는 세상이야. 조용히 살자. 아니 그래도 너무 하잖아. 남의 집 자식한테 무슨 망발이야.'

"여보세요. 아줌마. 아줌마가 짧은 반바지 입어서 성폭행 당했으면 그게 아줌마 탓이에요? 여자아이가 짧은 반바지 입었으니까 남자애들이 성폭행해도 된다는 거예요? 성폭행하고 싶게 옷을 입었으니까? 성폭행은 범죄예요! 당신 그 말 저 아이 엄마 앞에서 할 수 있어요? 내가 데려올 테니까 잠깐 기다려보세요. 못하죠? 당장 그 말 취소하세요."

이렇게 말하고 싶었지만 저는 결국 불의를 보고 꾹 참았습니다. 그리고 그것을 지금까지 후회하고 있습니다. 그런 말을 듣고도 아무 말도 못 한 제가 바보 같고 한심했습니다. 딸이 셋이나 되는 엄마라는 사람이 그런 말을 듣고도 가만히 있다니요. 이제 우리 아이들도 첫째는 6학년이고 둘째는 2학년입니다. 여름에 짧은 반바지도 자주 입습니다. 딸아이의 반바지가 너무 짧지 않은지 한 번 더 쳐다보게 됩니다. 누가 짧은 반바지를 입은 아이를 보고 그때 그 사람 같은 말을 할지도 모르잖아요. 엄마가 미리 검열을 하는 것이죠. 그래도 아이에게 시원하게 입게 나가라고 합니다.

놀이터에서 본 그 여자아이가 제 딸이나 마찬가지였다는 생각이 듭니다. 아무것도 모르고 놀고 있던 그 여자아이에게 미안했습니다. 다시는 그런 말을 듣고 싶지 않지만 만약 이런 일이 또 있다면 절대 그냥 넘어가지 않겠다고 다짐합니다. 모르는 여자아이가 그런 말을 듣더라도 그때는 꼭 나서서 그 아이 엄마인 것처럼 말하겠습니다.

어느 토크쇼에서_모성애에 대하여

"정말 대단하십니다. 박수 한 번 쳐 주세요~." 무대 위의 게스트들이 입을 크게 벌리고 웃으면서 기립박수를 칩니다. 관객들도 다 함께 박수를 치고 사연의 주인공 부부는 흐뭇하게 서로를 바라봅니다. 그 모습이 보기 싫어서 채널을 돌렸어요.

아이들이 첫돌 전일 때는 집에 있으면서 텔레비전을 자주 봤습니다. 아이에게 분유를 배불리 먹이고 텔레비전을 켭니다. 아기를 안고 또닥또닥 등을 두드려 트림을 시키면서 뭐가 재밌나 채널을 돌립니다. 아이는 옆에 눕히거나 안아서 재우고 저도 같이 누워서 텔레비전을 보는 시간은 정말 평화롭고 달달했습니다.

당시에 인기 있던 토크쇼 재방송이 자주 나왔습니다. 객석에 많은 사람들이 앉아 있고 인기 있는 진행자가 몇 명의 게스트들과 함께 이야기를 나누고 공감, 소통을 한다는 형식이었습니다. 객석의 한 부부에게 마이크가 쥐어지고 남편이 말합니다. 대략 이런 내용이었습니다. "그동안 고생한 아내에게 고맙다고 말하고 싶습니다. 아내가 집안일하고 애들 키우느라 고생을 많이 했거든요. 같은 직장에 다녔는데 애들이 두 명이 되니까 아빠는 아빠의 일이 있고 엄마는 엄마의 일이 있더라고요. 이 사람이 계속 다니고 싶어 했는데 저희를 위해서 포기했죠. 그런 아내에게 미안하고 고맙습니다. 여보, 고마워. 사랑해." 남편은 말을 하고 아내는 옆에서 웃으며 듣고 있습니다. 게스트들은 "와, 이런 남편이 어디 있어! 너무 멋지시네요. 크게 박수 쳐주세요."

'아니, 저게 뭐야. 박수를 왜 남편한테 치라고 하지? 박수 받으려면 아내가 받아야지.' 아내와 남편 모두에게 박수를 보내라는 뜻이었을 겁니다. 그런데 이게 박수 받을 일인가 싶은 거죠. 직장 다니고 싶다는 아내 그만두게 하고 평생 애만 키우게 한 거 아닌가······. 물론 애 키우는 게 중요하죠. 아주 중요한 일입니다. 아이가 원해서 태어난 것도 아닌데 부모라면 책임지고 키워야 합니다.

텔레비전 화면 속에 여자는 아이 키우는 게 무엇보다 중요한 일이니 다니고 싶었던 직장을 그만두고 아이를 키웠을 겁니다. 아이가 어렸을 때는 부모가 무한 책임을 져야 하므로 잘한 일일 수도 있어요. 그런데 여기서 궁금해집니다. 남편이 직장을 그만두면 안 되나요.

아빠가 할 일이 있고 엄마가 할 일이 있다고 말하는 사람에게 무리한 요구일 수도 있습니다. 우리의 정서상 아직은 여자가 직장을 그만두는 것이 자연스러운 일이기도 하니까요. 아이가 어렸을 때는 아무래도 엄마가 아이에게 신체적, 정신적으로 많이 밀착되어 있는 것이 사실이기도 하고요. 일과 육아를 병행할 방법을 찾고 찾다 안 돼서 아내가 자발적으로 직장을 그만뒀을 수도 있습니다. 현재 만족하며 살 수도 있고요. 아니면 처음부터 아이 키우는 일이 좋아서 스스로 직장을 그만두었을 수도 있습니다.

아쉬운 것은 그 대화의 주체가 아내가 아니라 남편이었다는 겁니다. 아내는 특별한 말을 하지 않고 그저 웃으며 듣는 쪽이었고 남편이 주로 말을 했거든요. 박수를 치고 남편을 추켜세우며 끝나지 않고 저 아내도 말하는 주체가 되었어야 하지 않나요? 그 사연의 주인공이 되어 그녀의 속마음을 들어볼 수 있다면 아내는 어떤 말을 했을까요.

아내 분은 직장을 그만 둘 때 기분이 어땠나요? 다시 돌아 간다면 같은 결정을 내릴 건가요? 아이들이 어느 정도 크 고 난 후 다시 일을 하고 싶다는 생각을 해봤나요? 아내분 도 자신의 결정에 만족하시나요? 정말 자신이 내린 결정 이었나요?

화면 속의 남편은 직장에 계속 다니고 싶었던 아내에 게 일을 그만두게 하고 아이만 키우도록 은근히 권했을지 도 모릅니다. 사실 저 아내는 후회할지도 모릅니다. 아내 는 아이들 키우는 일도 보람 있지만 내 일도 하고 싶었다 고 말할지 모릅니다. 아이도 키우고 자신의 일도 할 수 있 는 방법을 찾을 수는 없었을까요.

모성애라는 것을 예전처럼 신성시하지는 않는 것 같지 만 여전히 우리에게 모성애란 위대한 사랑 같은 것인가 봅 니다. 아이를 낳고 키우면서 저는 모성애라는 것은 뭐 그 리 대단한 것이 아니라고 생각하게 되었어요. 솔직히 말해 서 좀 강하게 '모성애는 없다.'라고 말하고 싶어요.

모성애라고 하면 제게 떠오르는 것은 영화 〈해운대〉의 한 장면입니다. 도시 전체를 덮치는 쓰나미를 피해 사람들 이 건물 옥상에 모여 있습니다. 엄정화, 박중훈이 이혼한 부부로 나오는데, 그 사이에 딸이 하나 있습니다. 우연히 셋이 한 건물에 있게 되고 셋은 물이 차오른 건물 내부에서 겨우 옥상까지 올라온 상황이었고요. 구조 헬기가 왔지만 모든 사람을 태워갈 수는 없었습니다. 마지막 한 명을 태우고 빨리 떠나야 하는데 부모는 그들의 아이를 태웁니다. 어서 타라고, 엄마 아빠도 곧 갈 거라고 안심시키며 아이만 태워 보냅니다. 그 장면을 보던 저는 "아휴, 엄마 아빠도 어떻게든 타야지, 같이 탈 수는 없나? 매달려 갈 수는 없나?" 하고 답답해했습니다.

　내가 저 상황에 있다면 어떻게 할까 생각해 봅니다. 당연히 아이를 태울 것입니다. 아이 혼자 보내고 엄마 아빠가 이대로 쓰나미에 휩쓸려 사라지면 아이 혼자 남는 게 가슴 아프지만 어쩔 수 없습니다. 단 한 명이 살아야 한다면 그건 남편이나 제가 아니라 우리 아이어야 합니다. 저뿐 아니라 대부분의 부모가 그렇게 할 거예요. 성숙한 어른이라면 아이를 먼저 태워 보내지 자기가 먼저 구조 헬기에 타지는 않을 겁니다. 목숨이 달린 결정적인 순간에 나보다 아이를 먼저 생각하고 살려내는 것이 모성애라면 '네. 그게 모성애인 것 같습니다.'라고 하겠습니다.

일상에서 보통 엄마들은 아이를 돌보고 집안일을 합니다. 일과 육아를 병행하며 파김치가 되어 집에 돌아와서 짜증도 냅니다. 아이와 씨름하며 겨우 밥을 먹이고 목욕을 시키고 기절하듯 잠듭니다. 일상에서 육아 노동, 가사 노동, 돌봄 노동을 모성애라는 말로 포장해서 엄마라면 모름지기 그런 거라며 강요합니다. 하루 종일 이리 치이고 저리 치이며 일하다 집에 와도 아이의 웃는 모습을 보면 피곤이 다 풀린다고 하는데, 아니거든요. 엄마는 아이만 보면 걱정 근심이 다 사라지고, 힘이 불끈 나는 이미지를 보여주는 데 현실은 안 그렇습니다. 강요된 희생과 노동을 모성애라는 이름으로 만들어 놓고 도망가지 못하게 하는 부적처럼 붙여놓은 것은 아닐까요.

그 토크쇼에 나와 얘기를 한 남편분도, 대단하다며 박수를 친 게스트들도 아이를 키우는 것은 엄마의 일이지 아빠의 일은 아니라고 생각했을 겁니다. 육아가 아빠의 일이라고 생각했다면 굳이 박수 칠 일은 아니지요. 당연히 할 일을 한 것이니까요. 엄마는 당연히 모성애를 가지고 아이를 돌보는 것이고 아빠는 애 키워줘서 고맙다고 공개적으로 말하면 로맨티시스트가 되어 박수를 받습니다. 엄마는 할 일을 했을 뿐이니 대단하다고 박수까지 받을 필요는 없

고요. 그 아내분이 어쩌면 속으로 '어…… 어…… 그… 그
래… 고맙다고 말해줘서 고마워…….'라고 할지도 모릅니
다.

셋째는 사랑일까

'셋째는 사랑입니다.' 사람들이 하는 말입니다. 셋째를 임신하고 키우면서 맘카페에 수없이 들락거렸습니다. 역시 육아정보 얻기와 동병상련의 정을 나눌 만한 곳은 맘카페가 최고입니다. '셋째', '셋째 장점', '셋째 단점', '아이 셋' 등의 키워드로 검색하고 글을 읽다 보면 시간이 금방 갔습니다. 걱정도 많아졌고요. 돈 많이 든다, 정말 힘들다, 골병든다, 말리고 싶다, 다시 태어나면 아이를 낳지 않겠다, 결혼부터 하지 않겠다, 등등 부정적인 말들이 많았습니다. 하지만 어김없이 긍정적인 말도 있었으니 그것은 '셋째는 사랑입니다.'

처음 이 말을 들었을 때 참 어이가 없었습니다. '그래, 그렇게 위안이라도 삼고 살아야지. 행복한 척이라도 해야지 안 그러면 살아낼 수가 없을 거야.' 이것이 당시 저의 생각이었습니다. 맘카페나 블로그를 보면 심심치 않게 '셋째 낳았어요~.'라는 제목으로 올라온 사진이 있었습니다. 아기를 안고 환하게 웃거나 언니나 오빠들이 아기를 둘러싸고 들여다보고 있는 사진을 보면 그럴듯해 보이기는 했습니다. 여전히 저는 이해할 수 없었지만요. '뭐가 행복하다는 거야? 나는 우울하기만 한데…… 정말 대단한 사람들이야. 저런 사람들이 애를 낳고 키우는 건데 나 같은 사람이 애를 셋이나 낳아서……' 그렇게 끝없이 우울했고 아이가 태어난 후에도 아이를 원망했습니다.

그래도 시간은 흘러가고 저도 어느 정도 정신을 차리게 되었습니다. 아이 셋을 키우는 루틴이 자리를 잡아갈 때쯤 그제야 셋째가 눈에 들어오기 시작했습니다. 뽀얗고 작은 아기. 몸을 버둥거리면서 저를 보고 희미한 소리를 내며 웃는 아기. 그 아기를 어떻게 품에 안지 않을 수 있겠어요. 내가 아기를 안으면 아기도 그 작은 손을 제 허리춤에 올려놓습니다. 아기도 나를 안아줍니다.

제 품 안에 온몸이 쏘옥 들어오는 그 포근하고 편안한 느낌이 그립습니다. 그 작고 부드러운 아기를 많이 안아주지 못하고 왜 그때 나는 바보처럼 울고만 있었을까. 다시는 돌아갈 수 없는 내 인생의 찰나인데요. 예쁘고 작은 아기가 나한테 와주었는데요. 그 아기가 나만 바라보고 있었을 때 더 자주 안아주어야 했습니다.

'셋째는 사랑이다'라는 말 외에 또 다른 명언이 있는데 그것은 '셋째는 빛의 속도로 자란다.'입니다. 정말로 셋째는 빛의 속도로 자랍니다. '셋째는 빨리 자란다고 하더니 그렇지도 않네.'라고 생각한 적이 있었습니다. 아이 셋을 돌봐야 하니 힘들어서 그랬을 겁니다. 남편은 아침에 나가서 밤에 들어오니 집안일과 육아를 거의 다 혼자 했습니다.

그런데 그런 생활에 익숙해지고 리듬이 생기니 시간이 빠르게 흘렀습니다. 지금 돌아보면 아이들이 어릴 때, 특히 막내가 어렸을 때 기억이 잘 나지 않습니다. 이런 속도로 크다가는 막내도 첫째처럼 말 안 듣고 뺀질거리는 초등학생이 될지도 몰랐습니다. 막내가 훌쩍 커버리기 전에 최대한 내 품에 둬야 했습니다.

막내는 언니들과 달리 앞으로 들어서 안을 때는 무거워서 돌덩이 같았어요. 돌덩이라는 표현은 저만하는 것이 아니라 저의 친정엄마와 복직 후 아이를 돌봐주신 이모님도 하신 말씀입니다. 키도 작고 또래 애들보다 더 애기같이 생겨서 귀엽다고 안아주시지만 다들 "어휴, 돌덩이 같네." 라고 하시며 금방 내려놓으셨지요.

둘째부터는 제 허리가 아플까 봐 되도록 아이를 안아주지 않으려고 했습니다. '너희들 낳고 키우느라 나는 아픈데 너희들은 울기만 하고 밥 달라, 똥 치워 달라, 하는구나! 나도 내 허리는 지켜야겠다.'는 마음으로 몸을 아꼈습니다. 그런데 아이들은 정말 빨리 큽니다. 얼굴이 뻘개지고 팔은 아프지만 앞으로 들어 올려 안아 줄 수 있는 시기도 금방 지나갔습니다.

셋째 출산 후 6개월이 지날 때쯤 저의 우울함도 옅어지고 아기도 부담스럽게 여린 상태에서 벗어났습니다. 그때부터 셋째가 잘 걷기 전까지 수시로 업어주었습니다. 앞으로 안으면 너무 무겁고 허리에도 안 좋다고 해서 아기 따로 업고 다녔어요. 아기가 내 등에 딱 밀착되는 느낌은 포근한 이불보다 더 좋았습니다. 그게 좋아서 막내를 열심히 업고 다녔어요.

아기를 업으면 청소도 할 수 있고 부엌일도 할 수 있었습니다. 가방도 앞으로 메지 않고 뒤로 메듯이 밖에 나갈 때 아기를 업으면 걷기도 훨씬 편했습니다. 내가 아기를 업을 때 아기의 손은 어디에 있을까. 아기의 작은 손은 내 허리를 감싸거나 등 위에 살며시 올려져 있었습니다. 막내가 잘 걸을 때쯤 더 업어줄 수 없어서 아쉬웠습니다.

막내가 한 손에 안을 수 있는 조그만 아기였을 때를 생각하면 그립기도 하고 슬프기도 합니다. 아무것도 모르는 작고 연약한 갓난아기와 그런 아기를 안고 울기만 했던 나. 내가 가슴 아프게 좋아한 사람은 우리 집 막내였나 하는 생각이 듭니다. 그때 우울해하지 말걸, 원망하지 말고 즐길걸, 아기를 바라보고 울지 말고 웃어줄걸, 하는 아쉬움이 많이 남아요. 시간을 되돌려 그 작은 아기를 한 번만 안아볼 수 없을까 상상합니다. 그때 아기를 안고 울고 있던 나에게도 다가가 눈물을 닦아주고 꼭 안아주고 싶어요.

지금은 벌써 예비 초등학생이라 그 아기 같은 느낌은 없지만 막내는 막내입니다. 나중에 후회하고 싶지 않아서 요즘 열심히 안아주고 있습니다. 누군가 셋째는 사랑이냐고 묻는다면 이렇게 대답하겠습니다. "네, 셋째는 사랑입니다."

집안 기둥뿌리 뽑는다는데

저희 집 큰아이가 발레를 합니다. 취미가 아니라 전공으로 합니다. 아이가 발레를 하는 것은 저희 집에 엄청난 영향을 미칩니다. 말 그대로 또 다른 육아의 세계입니다. 여우 피하니까 호랑이가 오는 격이라고 할까요. 굉장한 시간과 노력, 스트레스, 돈이 들어갑니다.

그런데 결과가 시원치 않습니다. 6학년 발레 전공 아이들 대부분은 예중(예술중학교)을 목표로 합니다. 콩쿠르도 많이 나가고요. 어느 콩쿠르에서든 인정받고 유명한 아이들이 몇 명 있습니다. 하지만 아마 대부분은 저와 제 아이처럼 낙담하며 힘든 시간을 보내고 있지 않을까 싶습니다.

발레는 아이가 유치원 때 처음 배웠어요. 그 나이의 여자아이들이 그렇듯 취미로 배웠고 초등학교 1학년 들어가면서 그만두었습니다. 그런데 아이가 발레를 계속 배우고 싶다고 졸랐습니다. 집 주변에 걸어서 다닐 만한 곳은 없고 어린 동생들이 있으니 제가 데려다주고 데려올 수도 없었어요. 1학년 아이가 학원 버스를 타고 다니는 것도 저는 별로 원치 않았습니다. 그래도 발레를 계속 배우고 싶다고 하니 별 수 있나요. 보내줘야죠. 아이는 집 앞에서 학원 버스를 타고 발레 학원에 다녔습니다.

3학년 때부터 뭔가 낌새가 이상했습니다. 발레를 진지하게 생각하는 것 같았거든요. 아이가 발레를 전공한다고 할까 봐 발레에 관한 얘기는 애써 무시했습니다. 그때 같이 근무하던 선생님의 딸이 6학년이었는데 발레로 예중 시험을 준비하고 있었습니다. 그런데 그게 너무 힘들다고 하더라고요.

아이가 예체능을 전공하면 집안 기둥뿌리 뽑히고 그걸로 밥벌이도 못한다고 익히 들어왔습니다. 당장 눈앞에서 그 고난의 입시를 겪는 아이 엄마의 말씀을 들으니 무용 전공은 생각했던 것보다 훨씬 할 짓이 못 되는 것이었습니다.

대학교 가는 것보다 예중 가는 게 더 어렵다고 했어요. 예중 입학인원이 대학교 입학인원보다 훨씬 적으니까요.

어린 아이가 살을 빼야 하고 콩쿠르 결과로 경쟁하면서 몸과 마음이 망가지는 것 같다고 했습니다. 돈을 뭉치로 들이면서 아이를 바보 만드는 것 같다, 왜 이걸 하는지 모르겠다, 아이가 원하니까 어쩔 수 없이 한다고 했습니다. 이제 제가 입시를 준비하고 주변 어머님들과 이야기를 나눠보니 정말 그렇습니다. 내 돈 쓰면서 주눅 드는 일이라는 게 어느 정도 맞습니다.

이런 이야기를 들을 때만 해도 저는 내 아이가 절대 예체능을 할 리가 없고, 해서도 안 된다고 생각했습니다. 결국 현재는 위와 같은 절차를 모두 밟고 있습니다……

4학년 때 드디어 올 것이 왔습니다. 발레 전공 반에 들어가고 싶다는 거예요. 저와 남편은 열심히 말렸습니다. 내 몸에서 발레를 하는 아이가 나왔다니 믿어지지가 않았어요. 저는 키도 작고, 팔 다리도 짧고, 음치에 박치입니다. 무대 위에 올라가면 벌벌 떨고 춤을 추는 내 모습은 생각만 해도 부끄럽습니다.

남편과 저 모두 고지식하고 답답한 사람들이라 그럴까요. 예술이라는 것은 하늘이 내린 재능을 지닌 사람만이 하는 것이라고 생각했습니다. 내 아이에게 하늘이 재능을 내려 줄 리가 없잖아요. 남편이나 저 주변으로 가족, 친척,

친구 중에도 무용하는 사람이 없습니다. 간혹 피아노를 잘 치거나 노래를 잘 하는 사람은 있지만 프로페셔널로 하는 사람은 없거든요. 하늘이 내려야 하는 재능이 올 데가 전혀 없었어요.

보통의 재능으로는 남들 들러리만 서고 자기 밥벌이도 못한다, 스트레스 받으면서 돈과 시간만 날린다, 게다가 발레는 예체능 중에서도 '가성비' 떨어지기로 유명한데 이걸 꼭 해야 하느냐, 여기저기 자주 아프다더라, 이런 이유를 대며 아이를 설득시키기 위해 애썼습니다. 아이가 성공 확률이 낮아 보이는 길을 간다는데 부모가 흔쾌히 허락할 수 있나요.

아이는 남편과 저, 발레 학원 원장님께 몇 차례 편지를 써 보냈습니다. 어떻게 하면 본인이 발레 전공을 할 수 있는지, 어떻게 하면 발레를 더 잘할 수 있는지 묻고 스스로 대답하는 장문의 글이었습니다. 그래도 남편과 제가 완강하니 아이와의 갈등이 심해졌습니다. 협박도 해보고 회유도 했지만 아이는 확고했습니다. 저희가 애걸복걸하며 포기시키려던 노력은 결국, 아이가 얼마나 발레를 하고 싶어 하는지 확인하는 과정이었습니다.

아이를 키우면서 안 하고 싶은 것들이 있습니다. 돌잔치, 공부하는 학원 보내는 것, 아이 스케줄 따라다니기 같은 것들입니다. 애기가 기억도 못 하는 데다 준비하는 것도 귀찮은 돌잔치를 돈을 들이면서 한다고? 공부는 스스로 하는 건데 돈을 들이면서까지 해야 하는가? 자기 일은 자기가 알아서 해야지 엄마가 왜 따라다녀야 하지? 엄마도 할 일이 있고 각자 삶이 있다고! 이렇게 생각합니다.

저는 뭔가를 할 때 돈 들이는 것을 별로 좋아하지 않습니다. 돈 안 들이고 할 수 있는 방법을 최대한 찾아봅니다. 시간도 효율적으로 쓰는 것을 좋아하고요. 그런데 발레는 저의 이런 성향과 대척점에 있는 것 같았어요.

돌잔치는 세 아이 모두 안 했고 공부하는 학원은 아이들이 아직 초등학생이라 보내지 않고 있습니다. 영어학원은 잠깐 다녔고 앞으로 필요하면 다닐지도 모르지만 최대한 안 보내고 싶습니다. 두 가지는 아직 그럭저럭 지키고 있는데 첫째가 발레를 하면서 아이를 따라다니는 일이 많아졌습니다. 어떤 어머님들은 바늘과 실처럼 붙어 다닌다고 하던데 저는 그렇게까지는 하지 않습니다. 그런데도 아이의 스케줄에 따라 움직여야 하는 일이 꽤 있어요.

예체능은 돈이 엄청나게 많이 든다고 들었는데 실제로

그렇습니다. 돈 쓰는 것을 좋아하지 않는 저 같은 사람이 아이 교육에 돈을 실어 나르고 있으니 아이의 발레 전공이 더 받아들이기 힘들었던 것 같습니다.

살면서 계획대로 안 되는 일이 대부분이고 특히 자식은 그냥 내 마음대로 안 되는 것이 당연한 줄 알아야 합니다. 그렇지 않으면 고달파집니다. 내가 이 표현을 쓰게 될 줄이야. 자식 이기는 부모 없다.

발레를 해야 하는 이유

아이가 원하는데 부모가 끝까지 막아설 수는 없었습니다. 여전히 내 시간과 돈을 상당 부분 할애해야 하는 것이 내키지 않습니다. 아이 엄마지만 개인의 삶을 살고 싶고 아이들 키우는 데만 내 자원을 쓰고 싶지 않아요. 그럼에도 더 이상 피해 갈 수 없게 되었습니다.

예상하지 못한 일을 맞이하고 그것을 해결하는 일의 연속이 아이 키우는 일 아니겠습니까. 내가 하기 싫다고 피해 갈 수 있는 게 아니었습니다. 부모로서 책임과 의무이기도 했어요. 돈과 시간이라는 자원이 덜 들면 좋겠지만 그것도 내 마음대로 할 수 없다는 것까지 받아들여야 했습니다.

더 이상 피하지 않고 마주해야 했던 한 가지가 더 있었습니다. 그것은 두려움이었습니다. 사실 저는 두려웠습니다. 가보지 않은 길에 대한 불안이었습니다. 저는 변화와 도전이 두려웠던 겁니다. 주변에 무용하는 사람이 아무도 없어서 조언도 구할 수가 없었어요. 돈이 많이 든다, 엄마가 아이 쫓아다니느라 골병든다, 고생만 하고 밥벌이도 못한다, 하는 부정적인 말만 듣고 시작부터 하고 싶지가 않았습니다.

하지만 실제로 그게 다 사실이다 하더라도 시작도 안 해보고 포기할 수는 없었습니다. 아이는 자기가 원하는 길을 씩씩하게 가겠다는데 엄마라는 사람이 무서워서 도망치면 안 되잖아요. 아이는 앞날이 고생스럽다는 것을 모르니 더 무모하고 용감하게 가는지도 모릅니다. 육아가 이렇게 고난의 길인 줄 모르고 제가 시작했던 것처럼요. 그렇다고 하더라고, 정말 그렇더라도, 아이가 나를 새로운 세상으로 데려다주는데 "엄마는 무섭다, 안 갈란다, 너도 가지 마." 이럴 수는 없잖아요.

발레를 하지 말아야 하는 온갖 부정적인 이유가 있지만 해야 하는 딱 하나의 이유가 너무도 강력했습니다. '나는 이것이 너무 좋고 하고 싶다. 꼭 하고 싶다.' 아이가 발레를 해야 하는 이유입니다. 잘 안될 것 같다고 미리 포기하는 제 모습이 부끄러웠습니다.

내 삶이 중요하듯 아이에게도 아이의 삶이 중요합니다. 아이가 원하는 것을 하지 못하게 하면 그것도 말이 안 되는 것 같았어요(나중에 무슨 소리를 들을지 모릅니다). 부모가 아이에게 이거 해라, 저거 해라, 이거 하지 마라, 저거 하지 마라, 하고 간섭하거나 특히 진로를 정해주는 것은 아이의 인생에 별로 좋지 않다고 생각해왔습니다. 부모는 아이가 원하는 것을 지원해 줘야 한다고 말하고 다녔습니다. 그런데 정작 나는 내 아이에게 본인이 원하는 것을 하지 말라고 했습니다. 아이는 독립된 타인인데 아이가 어떤 삶을 살아야 한다고 정해놓고 있었던 겁니다.

대학 안 가도 된다, 결혼은 안 하는 게 좋다, 애도 가능하면 안 낳는 게 좋다, 금융지식을 가져야 한다, 자립해야 한다, 같은 말을 하면서 스스로 쿨한 엄마라고 생각했던 것 같아요. 마음 한구석에서는 여전히 아이가 이렇게 자라주었으면 하는 이상형을 만들어놓았던 것이지요. 한 마디로 '엄마 마음에 들게 살아라.' 이런 게 아니었을까요.

하늘이 내린 재능과 체형을 가지고 있지는 못하지만 그럼에도 발레를 해야 하는 이유는 아이가 원하고 미래는 알

수 없기 때문인 것 같습니다. 최소한 자기가 원하는 것을 해야 잘할 수 있고 어떻게든 살아남을 수 있지 않을까요.

그렇다고 이렇게 미화시키면서 능력도 안 되는데 힘에 부치는 일을 계속하지는 못합니다. 저는 제가 할 수 있는 범위에서 지원하고 나머지는 아이에게 맡길 거예요. 제 능력 안에서 지원하고 아이를 믿고 각자 최선을 다해보려고 합니다. 부족하더라도 도전 앞에서 물러서는 엄마가 되고 싶지는 않습니다.

부모 말을 안 들어야 크게 된다

저의 부모님은 당신들이 원하는 대로 틀을 정해놓고 자식들이 공부하고 대학에 가고 직업을 정하기를 원하셨습니다. 그 결과는 그다지 좋지 않았어요. 결혼도 적령기에 맞춰 알맞은 사람을 찾아 하길 원하셨지만 그것도 뜻대로 이루지 못하셨습니다.

저는 진로를 결정할 때 부모님이 원하는 선택을 했는데 보통 그것은 제가 원하는 것이 아니었습니다. 그래서 더 결과가 안 좋았던 것 같아요. 나중에 생각해 보니 그때 부모님 말씀을 듣지 않고 내가 원하는 결정을 내렸어야 했다고 후회가 되더라고요. 저의 딸은 결국에 부모 말을 듣지 않고 자신의 뜻을 관철시켰습니다. 그런 면에서 은근히 놀라고 기특하기도 합니다.

부모 말을 들으면 자다가도 떡을 얻어먹는다고 하는데,

정말 그럴까요? 그것은 부모가 편하려고 만든 말이고, 사실은 그렇지 않은 것 같습니다. 부모 말을 듣지 않아야 크게 되는 것 같아요. 부모는 자식이 안전하기를 바라거든요. 자식이 너무 잘난 것도 바라지 않고 그저 평범하고 무탈하기만을 원하기도 합니다.

아이가 어디서 어떤 시기에 재능을 꽃피울지 모릅니다. 부모의 낡은 시각으로 아이의 할 일을 정해주는 것은 부모 자식 간 불화의 시작이라고 생각합니다. 의사가 돼라, 변호사가 돼라, 대기업에 가라, 여자 직업으로는 교사가 최고다 하면서요. 물론 다 좋은 직업입니다. 하지만 중요한 것은 아이의 능력이 되느냐, 아이의 성향과 맞느냐, 아이가 원하느냐입니다. 아니라면 거기서부터 꼬이는 겁니다.

저는 아직도 발레가 춤이라는 게 어색합니다. 발레 하는 것을 가리켜 '춤을 잘 춰야 한다.', '춤을 잘 춰야지 키가 좀 작은 건 괜찮다.'라는 말을 들으면 '음… 발레가 춤이라고……?' 하며 고개를 갸우뚱하게 됩니다. 저에게 발레란 춤이라기보다는 기예입니다. 형식과 동작이 엄격하게 정해져 있고 굉장히 절제된 '춤'이라서 기술에 더 가까워 보여요. 제가 생각하는 춤은 그냥 음악에 맞춰 흐르듯이 추는 것, 또는 힙합댄스나 〈스트릿 우먼 파이터〉입니다.

클래식 음악에 춤을 춘다는 것도 저는 이상합니다. 클래식 음악은 듣고 연주하는 거지 저 음악에 춤을 춘다니. 수업 전에 스트레칭을 할 때도 피아노 선율에 맞춰 합니다. 이게 뭐지? 몸 푸는 데 웬 피아노 연주?

바흐의 〈아리오소〉라는 곡을 좋아해서 이 음악에 발레로 춤출 수 있냐고 첫째에게 물어봤습니다. 그냥 음악 듣고 되는 대로 춰보라고 했습니다(첫째는 집에서 제가 춤춰보라고 하면 거의 안 해줍니다). 제가 생각하는 춤은 음악에 맞춰 몸을 '자유롭게' 움직이는 거니까요. 아이가 아리오소 선율에 따라 발레 동작을 엮어 보여주었습니다. '오호~.' 하며 아이의 몸짓을 바라보았습니다. '이렇게도 할 수 있는 거구나!'

개인 레슨을 따라다니면서 아이가 수업하는 모습을 봅니다. 동작을 외워 20분 가까이 음악에 맞춰 발레를 합니다. 땀을 줄줄 흘리는데 얼굴은 웃고 있습니다. 제 눈에는 잘하는 것 같습니다(발레 막눈이라 웬만하면 다 잘하는 것으로 보입니다). 그 모습을 보면서 생각했습니다.

'이 아이는 나와 완전히 다른 세계에 있구나.'

제가 아이에게 발레를 하라 마라 했던 게 웃기지 않나 싶었어요. 이제는 왈츠를 들으면 발레를 떠올리지만 여전히 발레는 저에게 낯선 무엇입니다. 내가 자라온 환경, 내가 보고 들은 것, 내가 한 경험, 내 머릿속 생각밖에 모르는 저입니다. 그것도 심각한 우물 안 개구리예요. 그런 내가 완전히 다른 세계에 있는 아이에게 이래라, 저래라 했었다니.

부모 뜻을 거스르고 힘든 길을 가야 크게 되는 것 같아요. 크게 되지 않더라도 최소한 자신이 원하는 일에 최선을 다한다는 것에 의미가 있습니다. 내가 원하는 것이니 몰입할 수 있고 실패하더라도 후회가 없습니다. 저희 첫째가 크게 될지 안 될지는 모르지요. 그러나 자신이 원하는 것을 스스로 찾고 하겠다고 밀고 나가는 것을 보면 '나보다 낫다'는 생각이 듭니다.

아이 덕분에 저도 새로운 도전과 경험을 하고 있어요. 여전히 상당한 비용과 불안한 미래가 걱정되지만 걱정만 하고 있을 수는 없지요. 아이를 응원하며 목표를 향해 함께 걸어가는 중입니다.

무대 위 아름다움을 위하여

저는 여전히 어떻게 하는 게 발레를 잘하는 것인지 잘 모릅니다. 가슴을 세우고 골반을 올리고 무릎을 펴라고 하는데 그런 것을 볼 줄 모릅니다. 제가 보기에는 다 잘하는 것처럼 보이거든요. 이제 겨우 발레 동작 이름 몇 개 알고 아주 잘할 때와 아주 못할 때가 어떻게 다른지 정도 구별할 줄 알아요.

그러나 분명히 아는 게 하나 있습니다. 무대 위에서 아름다움을 만들어 내기 위해 무대 뒤에서 얼마나 고통스러운 연습을 하는지요. 리처드 용재 오닐이 한 인터뷰에서 '고통스러운 연습'이라는 표현을 썼습니다. 이럴 수가. 어렸을 때부터 재능을 보이고 엘리트 코스만 밟은 사람이 연습을 고통스럽게 했다니. 피아니스트 조성진도 한 TV 프로그램에서 이렇게 말했습니다. "7, 800번 연주를 해봤지만 만족한 연주는 10번 정도거나 그것도 안 될 수 있을 것 같다." 김기민 발레리노는 '브누아 드 라 당스'(최고 무용수상)를 수상했고 현재 마린스키 발레단의 수석 무용수입니다. 그는 서양인들에게 밀리는 신체 조건을 극복하기 위해 하루 5시간 동안 근력 운동을 한다고 합니다.

학원에서 아이가 수업하는 모습을 볼 때가 있습니다. 아이들이 정말 대단합니다. 저라면 5분도 못할 힘든 동작들을 1시간 정도 합니다. 엎어져서 몸을 들어 올리고 다리를 세게 빨리 들었다 놨다 하고 윗몸 일으키기를 쉴 새 없이 합니다. 운동 선생님이 저에게 하라고 시키면 못 하겠으니 다른 거 없냐고 징징거릴 것 같은 동작들입니다. 자꾸 시키면 당장 때려치울 그런 운동 강도예요. 아이는 발레 수업이 다 끝나면 머리부터 땀이 흘러 레오타드가 다 젖어서 나옵니다. 아이들이 매일 이렇게 3시간 정도 연습을 합니다.

무대 위에 서는 프로 발레리나, 발레리노들은 어떨지 상상도 못하겠어요. 공연만 해도 2, 3시간인데 그 공연을 위해 얼마나 고통스러운 연습을 했을까요. 무릎, 발목, 발이 아픈 건 일상이고 부상을 당해 수술을 받기도 합니다. EBS 〈극한 직업〉에 발레무용수 편이 있는데 한 번 보시면 좋겠습니다. 보이는 땀과 노력은 실제에 비하면 빙산의 일각일 거라 확신합니다.

어떤 발레리나가 잠자는 숲속의 미녀를 연기하는 모습을 봤습니다. 마치 함박눈이 소복소복 내리는 것 같은 느낌을 받았어요. 첫째 녀석한테 물어봤죠. "저렇게 하는 거 어렵지? 힘들지?", "엄마! 당연히 힘들죠. 엄청 힘들어요. 저는 속으로 무슨 생각하는 줄 아세요? 아, 언제 끝나지? 이제 두 번 남았다."이러더라고요. 저희 첫째는 어떤 동작이 너무 재밌고 신난다고 합니다. 이유는 이제 힘든 거 다 끝나고 음악을 타면서 마무리만 잘하면 된다고요.

무용수가 웃으면서 나비처럼 사뿐사뿐 점프를 하기에 그렇게 어려운 건 아닌 줄 알았습니다. 보는 건 쉽죠. 나비처럼, 첫눈처럼 보이기까지 얼마나 땀을 흘리고 아프도록 연습을 했을까요. 발레리나, 발레리노들을 우러러보게 됩니다.

수업 끝나고 나올 때 아이에게 오늘 수업 어땠냐고 물어봅니다. 그러면 아이는 항상 좋았다, 재밌었다고 합니다. 이 힘든 게 재미있냐고 하면 힘들지만 재미있다고 합니다. 저로서는 도저히 이해할 수 없지만 재미있다니 그나마 다행입니다.

결과보다 과정이 중요하다고 합니다. 사실 결과도 중요하죠. 뭐가 더 중요한지는 모르겠습니다. 하지만 결과는 모르기 때문에 일단 주어진 일에 최선을 다해야 할 겁니다. 부정적인 생각만 하면서 시작도 안 하거나 좀 해보다가 안 된다고 그만두는 것은 이도 저도 아니잖아요. 그래서 과정이 중요하다고 하는 것 같아요. 이 힘든 과정을 우리가 함께 겪고 버텨내고 있는 것, 하고 싶은 일이 괴롭기도 하지만 그 안에서 재미를 찾아 꾸준히 밀고 나가는 것에 의미가 있을 겁니다.

　발레 선생님께서 한 번씩 휴대폰으로 아이의 연습하는 모습을 찍어 음악을 입혀 보내주십니다. 집에서 저와 지지고 볶는 아이인데 영상 속의 아이는 다른 사람 같습니다. 이마에 땀방울이 맺혔는데 웃으면서 발레를 하고 있네요. 다시 오지 않을 순간, 아이의 땀과 미소가 빛나고 있습니다.

못 본 척, 못 들은 척할 수 없어서

바바리맨

중학교 다닐 때였습니다. 사람이 꽉 찬 버스에 앉아서 가고 있었습니다. 어떤 거지가 제 앞에 와서 "양보! 양보!" 라고 외치면서 지팡이를 들어 올렸습니다. 무섭고 창피하고 상대가 너무 지저분해 보여 어쩔 수 없이 일어났습니다. 자리에 앉아 있던 많은 사람들 중에서 왜 하필 나에게 와서 소리쳤을까. 불쾌한 일로만 기억하고 있었는데 20년 쯤 지나고서야 그 이유가 짐작됐습니다. 그때 버스에서 자리에 앉았던 가장 약해 보이는 사람에게 양보하라고 외쳤던 겁니다.

저는 제가 여자인 것에 크게 불만이 없었습니다. 여자로서 처음부터 그런 세상에서 살아왔기 때문에 더 편안하고 안전한 세상이 있다는 것을 몰라서 그랬던 겁니다. 요즘 솔직히 대낮에도 혼자 다니는 게 무서울 때가 있습니다. 혼자 뒷산에 가는 것도 무서웠는데 이제는 더 무서워졌습니다. 아예 갈 생각을 하지 않습니다. 덩치 큰 남자나 무서워 보이는 사람이 지나갈 때, 갑자기 나를 때릴지도 모른다는 생각이 듭니다. 사람 많은 대낮에도 폭행과 칼부림 사건이 일어나니까요.

저는 중학교 때부터 고등학교 때까지 '바바리맨'이라는 사람을 봤습니다. 하교 후 친구들과 집에 갈 때 골목에서 나타나면 그나마 낫습니다. 주위가 밝고 친구들이 함께 있으니까요. 도서관에서 공부하고 밤에 혼자 집에 걸어올 때 본적도 몇 번 있습니다. 심지어 차를 타고 가던 사람이 창문을 내리고 길을 물어보면서도 그 짓을 하더군요. 야자 시간이나 주말에도 학교 복도 창문으로 보이는 산에서 나타나기도 하고요.

이런 말을 남편에게 했을 때 남편은, 자기는 태어나서 한 번도 그런 사람을 본 적이 없다고 했습니다. 남편은 바바리맨이라는 게 영화나 드라마에서 과장되어 표현된 것인 줄 알았다고 합니다. '아…… 내 남편은 남자구나.' 바바리맨은 남자 앞에 나타나지 않는다고 해요. 그 후로 남자가 부러울 때가 생겼습니다. 밤늦은 시간에 혼자 다닐 때 남자들은 그렇게 무서워하지 않는다는 것도 알게 되었습니다. 저희 남편은 "나는 무서워."라고 하는데 여자들이 느끼는 무서움만큼은 아닐 겁니다. 남자들은 치한으로 오해받는 게 싫다고 하는데 여자들은 실제로 치한에게 당합니다. 유럽여행 중 야간열차에서 외국 남자애들이 저에게 무슨 짓을 할까 봐 밤새 몇 번을 깼습니다. 한국에서 온 남자애들은 길거리에서도 잠만 잘 잔다고 했습니다.

엠티 갔을 때

20세 때 공대를 1년 다녔습니다. 신입생과 재학생이 엠티를 가서 조별 장기자랑 같은 것을 했습니다. 그때 어떤 조가 개사를 하여 노래를 불렀습니다. 가사는 이러했습니다. '동해물과 백두산이 마르고 닳도록 강간당했네~ 강간당했네~ 교복을 벗고 강간당했네~ 강간당했네~.' 앞 소절은 엄숙하게 부르다가 후렴구에서는 주먹을 쥐고 손을 위아래로 흔들며 불렀습니다. 뭐가 웃긴지 다들 후렴구를 부르면서 웃었습니다. 이런 노래를 부르는 게 말이 되는 건가 싶어 주위를 둘러보았지만 아무도 제지하지 않았습니다. 대부분 가만히 듣고 있거나 어떤 사람은 같이 웃고 있었습니다. 가만히 듣고 있던 사람 중에 '이건 잘못됐다'고 생각한 사람이 있었을 거라고 믿고 싶습니다.

전 남친들의 말

20대 초반에 사귄 남자친구가 저에게 이런 말을 했습니다. "너는 여자애가 자꾸 따지고 드냐, 그냥 알았다고 하면 안 돼?" 이 말은 집에서도 듣는 말이었는데 아마도 제가 고분고분한 여자애는 아니었나 봅니다. 이해가 안 되는 것은 물어야 하고 잘못됐다고 생각하는 것은 따질 수도 있는 거 아닌가요.

처음 사귀었던 남자친구는 저랑 헤어진 후 동아리 카페 게시판에 이런 글을 썼습니다. "싱싱한 것들로 뽑아 놔라. 내가 많이 외로우니까." 여자친구와 헤어진 후 상실감과 외로움을 표현한 말인가 봅니다(내가 저런 사람들을 사귀었었다니……).

그거 불륜이야

염색을 하러 친정 동네 미용실에 갔을 때 일입니다. 엄마께서 자주 가신다고 소개해 준 곳이었습니다. 미용실 원장님은 제 머리에 염색약을 바르시고 친구분들과 몇 미터 떨어진 테이블에 앉아 얘기를 했어요.

"그거 불륜이지 성폭행 아니야, 복수하려고 꾸며낸 거지.", "그 잘난 사람을 너만 가지려고 했냐? 나눠 가져야지! 하하하하." 과자를 먹고 커피를 마시면서 큰 소리로 얘기하는데 일어나 나가고 싶었습니다. 하지만 저는 머리에 염색약 바르고, 비닐 쓰고, 긴 가운 입고, 목에 수건 두른 모습으로 방치된 채 듣고만 있었습니다. 왜 하필 이런 곳을 추천하셨냐고 속으로 엄마를 원망할 뿐이었죠.

전 충남도지사와 그의 비서에 관한 이야기였습니다. 그런 생각을 하는 사람들이 있다는 것은 알고 있었지만 실제로 바로 옆에서 듣게 되니 심장이 쿵쾅거렸습니다. 사람들의 생각이 다 다르니 그럴 수도 있다 치더라도, 남의 불행을 아무렇지 않게 웃고 떠들며 말하는 것을 듣고 있는 것이 불쾌했습니다.

한 모임에서 그 이야기가 나온 적이 있어요. 다수가 그것은 불륜이지 성폭행이 아닌 것 같다고 했습니다. 평소에 다른 사람 말을 경청하며 모임을 이끄시던 분도 그러한 의견을 가지고 계셨습니다. 그분은 어떻게 생각하실까 궁금하기도 하고 내 의견과 같기를 기대했었어요. 혹시 피해자가 낸 책을 읽어보신 적이 있냐고 물으니 그 책을 읽은 사람은 한 명도 없었습니다.

시집 잘 가면 되지

"시집 잘 가면 되지." 저도 한때 이런 생각을 한 적이 있었습니다. '여교사는 1등 신붓감'이라는 말에 내가 결혼을 안 하면 안 했지 시집을 못 가지는 않을 거라고 생각했던 것 같아요. 당연히 키 크고 잘 생기고 직업 좋고 집 부자고 운동 잘하고 나만 바라보는 남자랑 결혼할 줄 알았죠. '내가 정말 그랬단 말인가' 싶고 기억이 가물가물하기는 합니다. '너도 그런 생각을 했었다'고 상기시켜주는 일이 있습니다.

막 발령받은 20대 중·후반 선생님들과 얘기해 보면 진로와 연애에 대한 고민을 많이 합니다. 그 얘기를 들은 선배 교사 중 한 명이 이렇게 말합니다. "뭔 걱정이야? 시집 잘 가면 되지~!" 저도 20대 후반에 그런 말을 몇 번 들었습니다. "승희 선생님은 시집 잘 갈 거야~." 그런 말을 들으면 '역시 여교사는 1등 신붓감이니까.' 하며 우쭐했습니다. 그러니 비현실적인 조건의 남자와 결혼할 거라 확신했었겠죠.

발레 하는 아이들과 그 부모님들의 꿈은 프로무용수가 되고 국내외 유명 발레단에 들어가는 것입니다. 그런데 그 관문이 너무 좁고 그 좁은 문까지 가는 길도 무척 험난합니다. 발레 하는 엄마들끼리 모이면 한숨을 푹 쉬며 당장 때려치우라는 말을 간신히 참는다고 합니다. 물론 저 포함입니다. 그러면서 미래와 진로를 걱정할 때 간혹 나오는 말이 있어요. '그래도 시집은 잘 갈 수 있지 않겠냐'는 겁니다.

살면서 경험이 쌓이고 딸의 앞날을 걱정하는 부모로서 그럴 수도 있습니다. 학벌 좋고 돈 잘 버는 남자 만나 부잣집에 시집가는 것이 나쁠 건 없잖아요. 부잣집에 시집 잘 가는 것도 중요합니다. 중요하지 않다는 것은 아니에요.

부자이고 조건 좋은 남자를 만나서 의지하고 편하게 사는 것도 나쁘지 않아요. 그게 자신에게 편안하다면 아무 문제가 없습니다. 그러나 저는 그것이 독립된 주체인 성인에게는 맞지 않다고 보는 거예요.

"아들은 공부 많이 시켜도 딸은 그냥 편하게 살았으면 좋겠다."라는 말도 많이 들어요. 여성의 경우, 열심히 공부해서 대학 가고 직장 다녀봤자 애 낳고 키우면서 그만둘 수밖에 없는 상황을 많이 봤습니다. 어떻게든 다녀보려고 해도 직장과 가정에서 그만두라고 은근히 압박하거나 대놓고 말하는 경우도 있죠. 같은 일을 해도 여성의 급여가 남성의 급여보다 적을 때도 있습니다. 세계적인 할리우드 스타들도 그런걸요. 애써서 키워봤자 딸은 결국 이렇게 되더라는 경험에서 나온 말일 겁니다. 그러니 시집 잘 가는 게 최고라고 하는 거겠죠.

저는 조건 좋은 남자와 결혼하지 않았고(못했고) 그래서 약간의 불만은 있지만 그래도 그럭저럭 잘 살고 있습니다. 올해로 꽉 채워 결혼 15년입니다(15년이라니…… 써놓고도 깜짝 놀라서 몇 번을 다시 세어보았습니다). 어쨌든, 15년을 살아보니, 결혼에서 조건이 중요하긴 합니다. 그런데 그 조건들 이전에 기본적으로 갖추어야 하는 '조건'은 성인으로서 완전히 자립해야 한다는 것입니다.

조건은 일단 내가 갖춰놓고 그에 맞는 사람을 찾아야지 나보다 잘난 사람만 찾아다니다 보면 나중에 그것 때문에 골치 아파집니다. 송충이는 솔잎만 먹으라는 것이 아니고요. 나의 결핍을 다른 사람에게서 채울 수는 없다는 것입니다. 설령 그런 사람을 만난다 해도 내 결핍을 스스로 해결하지 못하면 배우자에게 자꾸 요구하고 집착하게 돼요. 그런 식으로 부부관계가 유지되기는 무척 어렵습니다.

결혼을 해서도 뭐든 혼자 할 수 있고 독립된 성인으로 살아야 합니다. 막힌 변기를 뚫는 것부터 전구 바꾸는 것, 아이 장난감 고쳐주는 것, 여러 개의 드라이버 중에 맞는 것을 찾아 장치를 풀고 안을 들여다보고 건전지라도 바꿀 줄 아는 것, 아이들 데리고 어디든 운전해서 갈 수 있는 것부터 남편 없이도 내가 할 수 있어야 합니다.

돈도 내가 벌고 투자도 내가 잘 해야 합니다. 집도 내 명의로 있어야 하고 차도 내 돈으로 사는 게 좋습니다. '내 돈은 내 거 네 돈도 내 거'는 아니고요. 동등한 주체가 되어 부부가 같이 만들고 이루어야 한다는 것입니다. 스스로 최대한 해결하고 안 되는 것만 도움을 받아야지 상대에게 일방적으로 의지하면 한 사람이 크게 부담을 느낍니다. 평등한 관계가 아닌 주체와 객체로 나뉩니다. 적게 가진 쪽이 많이 가진 쪽에게 종속됩니다.

저의 딸들을 어느 조건 좋은 집에 들여보내고 싶지 않습니다. 결혼은 해도 되고 안 해도 되는 것이고요(결혼한다고 할까 봐 걱정됩니다). 결혼을 떠나서 일단 주체적인 성인이 되었으면 좋겠습니다. 자신의 밥벌이를 하고 스스로 의사결정을 내려 행동으로 옮기고 꾸준히 성장하는 그런 사람이요. 그렇게 성인이 되어 내 아이가 사랑하고 서로 존중하는 사람을 만난다면 그때는 시집 잘 간다고 말할 수 있을 것 같습니다.

'프로불편러'라 죄송합니다

증여는 아들에게

재테크에 관심을 가지면서 관련 유튜브와 책을 많이 봤습니다. 집안일 할 때는 유튜브를 켜놓고 들으면서 했습니다. 모르던 세계를 알게 되는 것이 재미있어 계속 듣고 싶었어요. 그래서 일부러 아이들 옷장, 부엌 서랍, 냉장고 정리 등 시간이 오래 걸리는 집안일을 찾아 하기도 했습니다.

보통 부동산이나 주식 채널 유튜버들은 남자인데요. 그래서 그런지 여기서도 모든 주체는 남자였습니다. 예를 들면 이런 것입니다. '아들한테 증여를 할 때', '아들한테 증여하면 되잖아요.' 유명한 주식 채널 진행자 중에 한 분이 이런 말을 했습니다. "우리가 투자 환경을 건전하게 조성

해야 우리의 아들들이 더 크게 되지 않겠습니까." 투자하는 분들 중에 여자도 많습니다. 상대적으로 남자가 많을 수 있겠지만 채널 구독자를 대상으로 하는 말이니 '우리의 아이들'이라고 했다면 좋았을 겁니다. 그 진행자분은 딸만 하나 두신 것으로 알고 있는데요. 딸 가진 아빠이자 영향력 있는 분이 그렇게 말씀을 하셔서 아쉬웠습니다.

내용이 좋아서 두 번 읽었던 부동산 책이 있습니다. 거기에서도 '당신의 아들이 집 없이 산다면'이라고 하더군요. 딸도 본인 명의의 집이 있으면 좋겠지요. 재테크 관련은 아니지만 즐겨 보는 채널이 있는데 증여를 할 때는 자식에게 무조건 1/n 해야 한다면서 "아들이 더 내 자식처럼 느껴질지도 모르지만, 아들이든 딸이든 1/n 해야 합니다."라고 했습니다. 그 말을 듣고 구독을 취소할 뻔했습니다. 이런 경우는 많습니다.

인기 있는 주식 전문가 한 분이 미국 금리를 설명합니다. "미국이 아빠라면 아들이 둘이 있다. 그게 FED와 미국 재무부이다. 아, 이렇게 말하면 안 되지. 아들 하나, 딸 하나가 있는데." 그나마 이렇게 말해줘서 고마웠습니다.

도와준다

드라마나 영화에서 남편이 말합니다. "내가 많이 도와 줄게. 아이 낳자~." 아이 셋을 키우며 직장을 다니는 저에게 주위에서 묻습니다. "남편이 많이 도와줘?" 저희 남편은 그냥 합니다. 육아는 도와주는 게 아니고 자기 일이니까요.

도와주는 것은 내 일이 아니고 남이 하는 일을 거들어 줄 때 하는 말입니다. 요즘 '계산을 도와 드리겠다'고 하는데요. 계산하는 것은 매장 직원과 손님 둘 다의 일이지 손님만 하는 일이 아닙니다. 물건을 팔고 서비스를 제공했으면 돈을 받아야지요. '손님인 당신이 주는 돈을 내가 받아줄게.' 같은 느낌이 들어요. 직원(매장 주인)이 당연히 할 일인데 자기 일을 돕는다고 말하나요?

남편이랑 제가 라면을 하나 끓여서 나눠먹는데 남편이 저에게 "라면 먹는 거 도와줄게." 이러면 제가 황당해서 웃을 겁니다.

부린이, 주린이

어떤 일에 서툰 사람을 빗대어 '~린이'라고 합니다. 서점에 가면 '부린이', '주린이'라고 표지에 떡하니 적혀 있는 책들이 많아요. 베스트셀러도 있습니다. 이 말을 어른들이 만들고 사용할 텐데 이건 아이들에게 예의가 아니지요.

어린이는 어떤 일에 서툴고 부족한 게 당연합니다. 자신들이 그렇게 불리는 것에 아이들이 동의했나요? 아니면 혹시 아이들이 자조적으로 먼저 만든 말인가요? 어린이는 어른들이 보호해야 할 대상입니다. 겸손한 표현 같지만 약자를 만만하게 보는 심리가 묻어나는 말입니다.

집에서 논다

휴직을 하고 집에 있으니 육아만 하기도 바쁜데 집안일은 어찌나 많은지요. 매일 해야 하는 바닥청소, 설거지, 빨래만 해도 정신없는데 주기적으로 화장실 청소, 장보기, 옷 정리도 해야 합니다. 아이가 어릴수록 자주 아파서 병원도 가야 하고 예방접종도 금방 돌아오고요.

아이가 하나여도 바쁜데 둘, 셋이면 잠깐 쉬는 시간도

없을 때가 많아요. 아이가 커도 마찬가지입니다. 집안일은 여전하고 아이들 학원에 데려다주고 데려오고 간식 챙겨주고 다음 끼니를 준비합니다. 아이들이 커가면서 부모님도 늙어 가시니 부모님 챙길 일도 늘어납니다.

  큰아이가 어렸을 때 자주 어울리던 친구 엄마 중에 한 명이 풀타임으로 직장에 다녔습니다. 어느 날은 엄마들 셋이 아이들과 함께 저희 집에 모인 적이 있었습니다. 그중한 엄마가 어떤 물건을 미리 샀어야 했는데 깜빡했다고 했습니다. 퇴근하고 곧바로 합류한 아이 친구 엄마는 이렇게 답했습니다. "집에서 놀면서 그것도 안 했어? 나는 하루종일 일하고 왔고만." 그 말을 들은 아이 친구 엄마가 어색하게 웃었습니다. "여기서 논 사람 한 명도 없어. 집안일하느라 얼마나 바쁜데!"라고 제가 대신 항변했지요.
  한번은 그 아이 친구 엄마가 가족 행사에 관해 형님 되는 분과 통화를 했습니다. 전화를 끊고 핸드폰을 내려놓으며 말했습니다. "자기는 집에서 노니까 내가 얼마나 힘든지 몰라."
  직장을 안 다니면 집에서 노는 건가요? 할 일이 얼마나 많은데요. 백번 양보해서 엄마들이 이이들을 기관에 보낸

후 카페에 가고 오후에는 놀이터에 가서 수다 떠는 경우도
있습니다. 어쩌다 한 번 그럴 수도 있고 자주 그럴 수도 있
지요. 그렇다 해도 대다수가 편하게 시간을 보내지는 않을
겁니다. 대다수가 그렇다고 해도 남에게 피해를 주지 않는
다면 잘못된 것은 아닙니다. 저도 시간을 생산적으로 보내
는 것을 좋아합니다. 하지만 '집에서 논다'는 말은 전업주
부의 일을 비하하는 것처럼 들립니다. 굳이 그런 말을 해
서 상대의 기분을 상하게 할 필요는 없지요.

"여성은 여성에게 가혹합니다. 여성은 여성을 싫어하지요.
여성은 - 그런데 여러분은 그 단어에 진절머리가 나지 않
습니까?"
— 버지니아 울프, 이미애 옮김, 『자기만의 방·3기니』(민음사) 중에서

　보통의 전업주부가 하는 일의 가치를 돈으로 환산한다
면 그 액수는 상당할 겁니다. 가사와 돌봄을 위해 고용하
는 사람의 월급만 생각해 봐도 어렵지 않은 계산입니다.
사회에서 그 가치가 숫자와 돈으로 환산되어 인정받지 못
하는 것이 안타깝습니다. 국가와 사회까지는 그렇다 치더
라도 최소한 아이를 키우는 엄마들끼리는 그 노동의 가치

를 인정해 줬으면 좋겠습니다.

남편이 더 잘 알 거 아니야

남편과 저 둘 다 주식투자를 합니다. 제가 주식을 먼저 시작했고 공부도 더 많이 했고 돈도 제가 더 많이 벌었습니다. 큰돈은 아니지만 남편보다는 더 벌었죠. 남편을 주식의 세계로 이끈 사람도 저였습니다.

제가 직접 투자를 하고 공부도 해보니 주식이라는 것이 이랬다저랬다 자기 감정대로 움직이면 손실을 보게 되어 있더라고요. 저희 남편은 감정 표현도 없고 감정대로 행동하지 않습니다. 남편은 제가 화를 내고 잔소리 폭격을 해대도 묵묵히 듣고 미안하다고 하는 사람이거든요(때로 폭발할 때가 있긴 합니다). 이 사람의 성격이 저보다 주식에 더 맞을 것 같아서 '당신은 주식을 해야 한다, 주식으로 돈을 벌 수 있는 사람이다, 나도 버는데 당신은 더 벌 수 있다.'라며 끌어들였습니다.

그런데 사람들은 당연한 듯이 이렇게 말합니다. "남편이 더 많이 알 거 아니야. 남편은 대기업 다니니까 보고 듣는 것도 많고 주식을 더 잘 알겠지." 남편이 주식을 먼저 시작하고 저보다 돈도 더 많이 벌었을 거라고 생각합니다. 남편은 소위 대기업에 다니고 저는 공무원이니까 남편이 저보다 세상일이나 재테크를 더 잘 알 거라고 합니다.

확증편향의 오류이고 전형적인 고정관념이자 편견이지요. 남편이 대기업에 다니지만 대기업에 다니기 때문에 자기에게 주어진 일부 작은 일만 보고 듣습니다. 외국 출장도 다니니까 세상을 더 알지 않겠냐고도 하는데 출장 가서 자기 할 일만 하고 옵니다. 직장 내 사람들과만 주로 교류하고 다른 직장 동료들도 비슷하게 삽니다. 주어진 일을 하고 퇴근하고 다시 출근합니다.

그럼 공무원인 저는 남편보다 세상을 많이 아느냐하면 그것도 아닙니다. 저도 저에게 주어진 일만 합니다. 마찬가지예요. 교사인 제가 대기업 다니는 남편보다 세상을 많이 안다는 것도 아니고, 대기업 다니는 남편이 교사인 저보다 세상을 더 접하고 잘 아는 것도 아닙니다.

세상을 많이 알려면 직장 밖으로 나와 경험을 쌓고 다른 분야의 사람들과 만나서 대화도 해야지요. 우리 동네뿐 아니라 다른 동네 부동산에 들러서 요즘 아파트 시세가 어떤지 물어도 보고, 부동산 매수매도 계약도 해봐야 합니다.

직장 동료와도 대화를 나누지만 아이 친구 엄마들과도 얘기하고 마트도 가봐야 합니다(남편은 마트 가는 것은 좋아합니다). 주식은 재무제표를 공부하고 신문도 보고 경제 관련 도서를 수없이 읽어야 그나마 조금 알게 됩니다.

남편은 회사에 매여 있어서 뉴스로 세상을 접합니다. 아침에 나갔다 하루 종일 회사에서 일하고 밤늦게 퇴근하거든요. 회사에서 스트레스 받고 일 걱정을 하다가 잠이 들고 눈 뜨면 씻고 바로 나갑니다. 저는 휴직하면서 주식 스터디에 다니고 버스나 지하철을 타고 다른 동네에 다녀보기도 합니다. 부동산에 들어가 시세도 물어보고요.

시어른들께서 30년 전에 거의 사기당한 수준으로 사신 상가가 있다는 것을 알았습니다. 그 상가에서 남편은 와이프 친척 중에 검사가 있다고 흥분을 했었는데 며칠 후 잠잠해졌습니다. 이걸 어떻게 하면 좋을지 궁리하며 해결책을 찾아다닌 것은 저였습니다.

4.

돈,
그 엄중함에 대하여

이렇게만 살면 될 줄 알았다

무난한 삶이 될 거라고 생각했습니다. 아이가 하나 더 생겨 셋이 되고 큰아이가 무용을 시작하면서 '어……? 이게 아닌데…….' 싶었습니다. 세 아이와 무용 전공은 전혀 예상하지 못한 일이었어요. 그리하여 남편과 저는 가정경제 사수를 위한 최전선에 서게 되었습니다.

아이가 발레 하는 것을 반대했던 이유 중에 하나가 제 돈과 시간을 아이에게 상당 부분 할애해야 하는 것이었습니다. 저는 그게 내키지 않았습니다. 아기였을 때 열심히 키웠는데 커서까지 아이에게 매여 있고 싶지가 않았어요. 이것은 꽤 진지한 문제입니다.

부모도 부모의 인생을 살아야 합니다. 부모와 아이가 정서적이든, 물리적이든, 경제적이든 너무 밀착되어 있는 것은 좋지 않다고 보거든요. 무엇보다 저와 맞지 않습니다.

어떤 관계든 거리를 두는 게 좋아요. 지금 당장이 아니라 나중까지 생각해 보면 더 그렇습니다.

적당한 거리를 유지하면서 품위를 지키며 살기 위해서는 돈과 시간이 필요합니다. 늙은 부모가 경제적으로 불안하면 자식이 책임져 주나요. 삶의 존엄은 고사하고 아이들에게 폐 끼치면서 살지 않으면 다행입니다. 만약 애들한테 내 자원을 다 쏟아붓는다면 나중에 "아이고, 내가 너를 어떻게 키웠는데……." 이러면서 아이들을 원망할지도 모릅니다. 내가 너희를 이만큼 키워놨으니 너희도 나에게 이만큼은 해야 한다며 기대할 겁니다. 기대에 못 미치면 크게 노(怒)할 것 같아요. 저는 그러고도 남을 사람입니다. 아이에게 드는 돈은 적당히 하고 나와 남편을 위해서, 우리의 안정적인 삶을 위해서 저축하고 투자하고 싶습니다.

이대로 맞벌이하면서 살면 될 줄 알았습니다. 사실 저는 돈에 대한 결핍을 크게 느끼지 못했습니다. 자라면서 돈 때문에 무엇을 못하는 일은 없었습니다. 저희 집이 부자라서 그런 것은 아니었습니다. 제가 부모님께 학용품이나 옷을 사기 위해 돈을 달라고 하거나, 이거 해 달라 저거 해 달라 요구하지 않았어요. 고생하시는 부모님 돈을 가져다

쓰고 싶지 않았습니다.

부모님은 검소하시면서도 자식들이 원하는 것을 최대한 지원해 주시는 편이었어요. 저의 부모님은 저와 언니, 동생을 경제적으로 부족하지 않게 키워주셨습니다. 제가 결혼한 후에도 도움을 주셨어요. 양가 어른들 모두 연금으로 충분히 생활이 가능하셔서 맞벌이하며 우리만 잘 살면 됐습니다.

저희 엄마께서는 돈 없는 척은 안 하고 싶어 하셔서 용돈을 항상 풍족하게 주셨습니다. 저는 어릴 때부터 돈이 생기면 소비하기보다는 저축하는 편이었습니다. 용돈도 많이 받고 항상 아르바이트를 했기 때문에 주변 친구들이나 또래에 비해 금전적으로 부족함을 느끼지 못했습니다. 오히려 여유 있었죠.

결혼 후에는 남편과 저 모두 직장에서 급여를 받고 차곡차곡 저축을 했습니다. 남편은 소비를 즐기는 사람이 아니었을 뿐 아니라 돈 쓸 시간조차 없었습니다. 집에서 텔레비전을 보거나 책을 읽으면서 여가를 보냈습니다. 아이 생기면 돈이 많이 든다는데 하나까지는 경제적 어려움이 전혀 없었습니다. 둘째를 낳고 제가 긴 휴직에 들어가면서 소비할 일은 더 늘었습니다. 그런데 한쪽 급여가 없어지니

내가 뭔가 수입을 만들어 내야겠다는 생각을 하게 되었습니다. 그렇다고 부족함을 느꼈던 것은 아니었어요.

첫째가 발레를 한다고 했을 때는 이런 생각이 들었습니다. '지금은 첫째 한 명만 어떻게든 방어하면 되지만 둘째, 셋째는 어떡하나, 저 녀석들도 뭘 하고 싶다고 할지 모르는 거 아닌가, 둘째, 셋째도 만약에 미술이나 음악 한다고 하면 어떡하지? 미술이나 음악을 안 하더라도 비싼 학원이나 뭔 캠프 같은 거, 가고 싶다고 하면 어쩌지?' 하고 불안해졌습니다.

아이가 셋이 되고, 아이 셋을 키우기 위해 저의 휴직 기간이 예상치 않게 길어졌습니다. 남편은 갑자기 5인 가정의 외벌이 가장이 되었습니다. 돈은 더 필요한데 한쪽 급여가 막힌 지도 몇 년이 되어 갔습니다. 그 와중에 첫째가 발레를 전공하겠다고 했던 거고요.

돈의 힘은 생각보다 강력했어요. 나를 지키고 우리 아이들을 키우기 위해서 돈이 필요하다는 것을 절실하게 느꼈습니다. 그렇게 재테크와 투자에 관심을 가지게 되었어요. 그 세계를 살짝 엿보기만 했을 뿐인데 사람들은 이미 그쪽에서 달리고 있었습니다. 내가 아무것도 모르고 애 셋 낳고 평범하게 사는 동안 재테크와 투자의 세계는 분주하게 돌아가고 있었습니다.

나는 짠순이입니다

아이들이 좋아하는 〈안녕 자두야〉라는 만화가 있습니다. 저희 집 애들이 저보고 자두 엄마 같대요. 제가 자두 엄마 보고 "어휴, 왜 저래. 수입을 늘려야지 아끼기만 하면 소용없어~." 이러거든요. 그런데 사실 제가 자두 엄마랑 비슷한 것 같긴 합니다. 심하게 짠순이라는 점에서.

제가 휴직 중이고 첫째가 발레를 하니 소비를 최대한 줄여야 합니다. 저의 짠순이 본능을 유감없이 발휘할 시점이 온 것입니다. 그 능력을 한껏 끌어올려 봅니다.

저는 나름대로 절약이라면 자신이 있습니다. 일단 돈 쓰는 것을 별로 좋아하지 않아요. 사람들은 돈을 쓸 때 기분이 좋다고 하는데 저는 그 반대거든요. 이건 그냥 타고나는 것 같습니다. 소비할 때보다 돈을 안 쓸 때, 아낀 돈을 투자할 때 기쁨을 느낍니다. 돈을 쓰면 기분이 안 좋습니다. 보너스가 나왔으니 명품 가방을 사고 자동차를 바꾼다는 사람들을 보면 세상에는 참 다양한 사람들이 있다는 것을 실감합니다. 그럴 수도 있다고 이해는 가지만 꼭 그래야 할까라는 생각이 드는 거예요. 저라면 그 돈을 저축하거나 미국 주식을 살 겁니다.

발령받고 얼마 안 됐을 때 제 월급에 비해 좀 과한 겨울 코트를 할부로 산 적이 있었는데요. 집에 돌아와서 생각해 보니 '내가 왜 그랬지?'싶은 거예요. 뭐에 홀렸었나 싶고 다시는 그러지 말아야겠다고 결심했어요. 옷이나 가방을 거의 사지 않지만 살 때는 그전에 2주 이상 생각해 봅니다. 사실 없어도 크게 문제가 되지 않거든요. 옷장이 가득 차 있는 것도 싫고 없으면 없는 대로 대충 입고 다녀도 되는데 이걸 굳이 사야 하나 싶은 거죠.

큰맘 먹고 비싼 코트를 살 때는 매장에 가서 입어보고 다시 나와 1시간 이상 쇼핑몰을 걸으며 고심합니다. '과연 이걸 사도 되는 걸까, 꼭 사야 하는가, 사야 하는 이유는 뭔가?' 하며 자문자답합니다. 같이 간 남편에게 계속해서 묻습니다. 남편은 무슨 죄인가요. 처음에는 친절하게 이유를 대답해 주다가 나중에는 지쳐서 "그냥 사!"라고 합니다. 웃긴 건 이렇게 하고 안 사면 뿌듯하고 사면 하루 이틀 약간 괴롭습니다.

짠순이 게이지가 한창 올라온 요즘은 '마트 금지령'을 내리기도 합니다. 냉장고에 있는 것을 최대한 먹으며 일주일 또는 열흘간 마트에 가지 않는 것입니다. 이걸 해내고 나면 성취감까지 느껴집니다. 냉장고에 먹을 것을 가득 채우는 것도 싫지만 먹을 것이 많은데 마트에 가면 뭘 또 자꾸 삽니다. 쓸 데 없이 돈을 쓰는 거예요. 냉장고에 먹을 게 많으면 일주일 버티기는 쉽습니다. 이게 될까 싶을 정도로 식재료가 아슬아슬하게 남아 있을 때가 진짜 승부입니다. 그제야 비로소 냉동실에 모셔졌던 잔멸치도 먹게 됩니다. 안 그러면 잔멸치는 그냥 원래 그 자리에 있는 것으로 알고 또 다른 식재료를 삽니다.

일단 요일별로 계획을 짭니다. '월요일에는 어머님이 주신 김치가 많으니까 김치볶음밥을 하자. 애들이 맵다고 하니까 밥과 참기름을 더 넣고 계란후라이를 해주면 맛과 영양 모두 잡을 수 있어!', '화요일은 냉동실에 있는 불고기를 먹자!', '수요일에는 콩자반과 멸치볶음을 클리어한다.' 이런 식입니다. 남은 게 파와 계란뿐이라면 하루는 계란말이, 하루는 계란국으로 변화를 줍니다. 이런 식으로 날짜에 맞게 계획을 세웁니다. 마트 금지령 해제를 앞두었을 때가 가장 큰 고비입니다. 반찬이나 재료가 떨어지게 되는데 그럴 땐 간장 계란밥을 먹으면 됩니다. 아이 있는 집에서는 역시 계란이 필수입니다.

큰아이만 주로 옷을 사주고 아이들 옷은 가능하면 물려 입히고 얻어 입힙니다. 큰아이 옷도 꼭 필요할 때만 사줍니다. 신발은 우리 가족 모두 떨어질 때까지 신습니다. 남편과 저는 운동화 안쪽 발뒤꿈치 부분이 너덜너덜해질 때까지 신어야 신발을 바꿉니다. 남편이 출근하면서 팔꿈치가 찢어진 셔츠를 입고 간 적이 있습니다. 본인이 괜찮다고 하길래 저도 이렇게 말해주었습니다. "당신이 입으면 사람들이 멋있다고 할 거야. 그리고 부자는 원래 찢어진 것도 아무렇지 않게 입는 거 알지?" 부자들이 찢어진 옷까지 입는지는 잘 모르겠네요. 물티슈도 몇 번 빨아서 씁니다(이건 환경을 생각한 것이기도 해요). 남편의 낡은 티셔츠를 가위로 대충 잘라 제가 집에서 편하게 입는 옷으로 만들기도 합니다. 배달비가 들지 않게 남편이 치킨을 포장해오겠다고 하면 "여보, 치킨은 건물주들이 먹는 거야." 하며 차단합니다. 건강에 별로 좋지도 않잖아요.

복직 연수 받을 때 연수 자료와 간식을 넣어 주었던 에

코백을 2년 동안 출퇴근용 가방으로 썼습니다. 스티브 잡스를 저의 패셔니스타로 지정하여 거의 매일 비슷하게 무채색 상의와 바지를 입습니다. 립스틱은 올리브영에서 산 거 하나, 선물 받은 샤넬 제품 하나, 딱 두 개를 가지고 4년 이상 쓰고 있으며 요즘은 손가락으로 파서 씁니다. 짝이 안 맞거나 빨아도 새까만 양말은 모아 놨다가 아이들 눈싸움할 때 쓰라고 주거나 비 오는 날 창문 틀을 닦은 후 버립니다. 과일이나 채소 씻은 물로 애벌 설거지를 합니다. 김치 국물과 그 안에 깨가 아까워서(시어머니께서 정성으로 만들어주신 반찬인 데다 국산 깨니까) 남은 김치 국물에 밥을 비벼 남김없이 먹습니다. 여기에 계란후라이 반숙 2개를 추가하면 정말 맛있습니다. 귤껍질도 모아 놨다가 기름 묻은 후라이팬을 닦는 데 씁니다. 기름기 제거 효과가 매우 좋으니 집에서 꼭 한 번 해보시길 추천합니다.

  둘째와 셋째는 병설유치원에 다녔고 공부는 스스로 하는 거니까 학원 다닐 생각은 하지 말라고 세뇌시키고 있습니다. 그런데도 앞으로 들어갈 아이들 교육비, 육아비용을 대충 계산해 보면 막막해요.

소비를 최대한 줄이는 것이 자본주의에서 살아남는 방법 중 하나라고 생각합니다. 자본주의에서는 소비를 해야 하는 거 아닌가 싶지만 소비는 여유 있는 사람들이 하면 되고 저 같은 사람은 아껴야 해요.

현대 사회는 소비를 강요하고 우리들은 소비해야 한다는 강박을 가지고 있는 것 같습니다. 인스타, 블로그, 메신저, 인터넷, 마트, 백화점뿐 아니라 길거리에서도 차 바꿔라, 옷 사라, 커피 마셔라, 피자 먹어라, 살 빼라, 피부에 신경 써라, 더 예뻐져야 한다며 돈을 쓰게 해요. 소비를 하지 않으면 저는 그러한 유혹을 뿌리친 줏대 있는 사람이 되는 거예요. 건강에 좋지도 않은데 돈을 주고 사 먹는 것도 싫고 물건이 내 공간을 차지하는 것도 저는 싫어합니다. 싫어하는 게 많아서 좋은 것도 있네요. '김 부장' 시리즈를 쓴 송희구 작가가 '택시는 재벌 총수가 타는 것'이라고 하더군요. 그분이 상당한 자산가라고 들었습니다. 역시 절약은 부자의 기본 덕목이라고 다시 한번 가슴에 새깁니다.

남편을 호강시켜 주고 싶다

아니 뭐 그렇게까지 아낄 필요가 있냐고 하실 수도 있는데 저는 아끼는 게 재밌습니다. 그리고 남편이 받아온 월급을 소중히 다루고 싶어요. 불쌍한 남편이 한 달 내내 거의 매일, 하루 종일 일하고 받아오는 월급입니다. 밖에서 스트레스 받고 쥐어짜지며 고생해서 벌어온 남편의 피, 땀, 눈물입니다. 남편이 힘들게 벌어온 돈인데 정작 본인은 쓰지도 못해요. 아이들 키우는 데 상당 부분 들어갑니다. 고마운 줄도 모르고 예의 없이 행동할 때 제가 아이에게 분노하는 이유입니다.

저의 남편은 정말 착하고 성실한 사람입니다. 바보처럼 우직해서 답답할 정도예요. 그게 싫으냐면 딱히 싫다고 말할 수는 없지만 남편이 안 됐습니다. 자기 생활은 하나도 없고 다섯 식구 먹여 살리기 위해 꾸역꾸역 회사에 나갑니다. 책임감도 강해서 회사에서든 집에서든 자기가 맡은 일을 불평하지 않고 어떻게든 합니다.

하루 종일 아이들 돌보느라 청소도 못하고 설거지를 쌓아놓는 날도 많았습니다. 셋째 아이를 낳고서는 하루하루를 겨우 넘겨가며 살았어요. 저도 힘들었지만 그런 제 옆에 있는 남편도 많이 지쳐 있었을 겁니다.

남편은 아침 일찍 일어나 출근하고 밤 10시에 퇴근해도 집안 정리 및 청소, 설거지, 젖병 소독, 빨래, 빨래 널고 개기 등을 했습니다. 다음 날 먹으라고 미역국까지 끓여놓았어요. 주말에도 부엌데기로 살며 집안일을 열심히 했습니다(여전히 주말에는 부엌에서 주로 활동합니다). 아이가 열이 40도까지 올라 어쩔 줄 몰라 하며 남편에게 전화를 하면 남편은 일하다가 점심시간에 집에 왔습니다. 저와 같이 아이를 데리고 병원에 가고 다시 회사로 돌아가 밤늦게까지 일을 했습니다.

서로 알아온 16년 동안 저에게 단 한 번도 잔소리를 해본 적이 없어요. 반면에 저는 매일 남편에게 잔소리를 합니다. 그래도 불평 없이 듣기만 해요. 써놓고 보니 자랑처럼 들릴 수도 있는데요. 저는 남편이 진짜 좀 불쌍합니다.

밖에 나가서 돈 쓰고 술 마시고 골프 한다, 축구 한다 이러면 정말 꼴 보기 싫을 텐데 그런 것 전혀 없고요. 지고지순하게 회사, 집, 회사, 집만 왔다 갔다 합니다. '가끔 하는 일탈은 낚시다.'라고 쓰고 싶지만 그런 일탈조차 없습니다. "낚시 진짜 재밌는데."라고 말은 하는데 가는 건 귀찮으니 텔레비전으로 보면 된다고 합니다. 1박 2일이라도 혼자 여행 갔다 오라고 하면 그것도 귀찮아서 싫다고 합니다.

새벽에 일어나서 달리기를 하던 때가 있었습니다. 달리기를 마치면 보통 6시 30분쯤 되었어요. 그 시간 집 근처에는 이미 아저씨들이 회사 가는 버스를 타려고 줄을 길게 서 있습니다. 그때 처음으로 아저씨들이 불쌍하다는 생각이 들었습니다. 저 중에 저의 남편도 있거든요.

'부부는 의리'로 산다는 말이 별로였습니다. 아이를 둘 낳았을 때까지만 해도 부부는 그래도 미약하나마 연애 감정이 있어야 하며 그게 가능하다고 믿었습니다. 서로 무심해지긴 했지만 사느라 힘들어서 지친 두 사람을 '의리'라는 말로 놀리는 것 같았습니다. 그런데 저도 이제는 남편에게 의리라는 감정을 느낍니다.

아이 셋을 키우는 것은 아이 둘을 키우는 것과 많이 달랐어요. 아이가 없다가 하나가 됐을 때, 하나였다가 둘이 됐을 때, 둘이었다가 셋이 됐을 때, 그때마다 전혀 다른 세상이 펼쳐집니다. 마치 영화에서 어떤 신비의 문을 열면 빛이 막 쏟아지면서 다른 세상에 들어가는 장면처럼요. 어떤 문을 열면 초록빛 높은 산에서 폭포수가 쏟아지고 새들이 날고 사슴이 나를 빤히 쳐다보다 어디론가 뛰어가요. 어떤 문을 열면 화산이 폭발하여 용암이 흘러넘치고 익룡이 날아다닙니다. 홀려서 들어가기도 하고 들어가기 싫지만 빨려 들어가기도 하고요. 결국에는 머리가 마구 헝클어지고, 옷은 여기저기 찢어지고, 얼굴은 시커멓게 그을린 채 폭탄이 터진 동굴을 남녀가 겨우 빠져나옵니다. 그게 남편과 저의 모습 같아요. 다행히 애들도 무사히 구했습니다. 영화는 그렇게 끝나지만 우리의 육아는 아직 갈 길이 멀지요.

겉으로 봤을 때 우리 부부 사이가 좋아 보이나 봅니다. 남편이랑 사이좋지 않냐고 물으시면 저는 이렇게 말합니다. '사랑보다 깊은 연민'이라고요. 첫째 아이가 크면서 남편과 저에게 공공의 적이 되었고, 그로 인해 저희는 전우애도 더 단단히 다지게 되었습니다. 그러면서 남편을 지켜주고 싶다는 생각이 들었어요. 회사에서도 고달프고 육아와 일상은 시시포스의 돌처럼 매일 감당해야 하는 일입니다. 그 고단한 삶의 현장을 함께 하는 남편에게 의리나 전우애, 연민을 느끼는 것도 그렇게 나쁜 일은 아닌 것 같습니다.

남편에 대해 조금 아쉬운 것은 돈 걱정을 별로 안 하는 것 같아 보인다는 것입니다(다른 아쉬운 것도 많습니다). 본인은 돈 걱정한다고 하는데 제가 볼 때는 그렇다고 뭐 특별히 하는 것이 없어요. 위기의식을 느끼고 변화를 만들어 내는 사람은 저입니다. 그렇다고 그 변화가 항상 긍정적인 것은 아닙니다만.

돈을 많이 벌고 싶은 이유가 몇 가지 있는데 그중에 하나가 '남편 호강시켜주는 것'이에요. 남편에게 이렇게 말하고 싶습니다. "그거 몇 푼이나 번다고 힘들게 회사를 다녀! 내가 벌잖아. 그만두고 집에서 좀 쉬어."라고요.

그동안 남편에게 나의 몸과 미래를 일방적으로 의지하고 있었던 것 같아요. 남편도 저처럼 나약하고 변화를 두려워하는 보통 사람일 뿐인데요. 제 자신이 독립적이라고 생각했지만 항상 의지할 사람이 있어야 안심이 되었습니다. 내 밥벌이는 내가 해야 한다고 주장하면서 남편에게 은근히 기대고 있었던 거예요. 표현이 거의 없는 사람이라 남편이 내색은 안 하지만 부담스러웠을지도 모릅니다.

일에 들어가는 시간과 신체적, 정신적 노동에 비해 너무 적은 보상을 받는 것 같아 남편이 가엾습니다. 남편이 편안해졌으면 좋겠어요. 말은 이렇게 하지만 실상은 제가 남편에게 의탁하며 사는 형편이에요. 그래도 저는 남편과 함께 생계의 짐을 나눠지고 싶습니다. 더 나아가 남편과 아이들을 책임지고 먹여 살리고 싶습니다. 자유롭게 해주고 싶고요. 나의 가족이 의지할 수 있는 사람이 되고 싶습니다.

돈이다가아니라고하지만

　재테크와 금융 관련 유튜브를 정말 많이 봤습니다. 듣다 보니 가슴이 답답합니다. 왜 그럴까. 시작은 내가 훨씬 나았는데 이제는 심한 격차로 부자가 되어버린 사람들에 대한 질투였습니다.

　돈이라는 단어를 말하는 것이나, 부동산을 사고팔고 하는 것은 그다지 바람직하지 못한 일처럼 보였습니다. '주식하면 망한다.', '부동산 투기를 해서 서민들을 울린다.' 같은 말만 듣고 돈을 밝히면 안 되는 것인 줄 알았습니다. 부동산 관련 책이 보이면 관심이 가고 읽고 싶은 마음도 있는데 막상 손이 가지 않았습니다. 특히 나랑 비슷한 처지에서 성공한 사람들이 쓴 책은 배가 아파서 못 읽겠더라고요. 저 사람은 저렇게 했는데 나는 뭐 했나 하는 자책의 고통을 겪어야 하니까요. '저 사람들은 부동산 투기꾼이야.' 하고 애써 깎아내리며 읽지 않은 책들도 있어요.

유모차를 밀고 아파트 단지 내를 걷다 보면 아이 엄마들이 삼삼오오 모여 하는 부동산 얘기가 들려옵니다. "그거 지금 몇 억 올랐잖아." 그런 말을 들으면 무슨 얘기를 하는지 궁금했습니다. 하지만 알 필요가 있다고 느끼면서도 무시했습니다. 그나마 가지고 있는 것을 잃을까 봐 두려웠고 새로운 것을 공부하고 알아보는 게 귀찮아서요.

그런데 재테크의 세계에서는 안일했던 저와 달리 온갖 어려움을 극복하고 부자가 된 사람들이 모여 있었습니다. 경제가 어떻게 돌아가는지 너무 모르니 알고 싶다는 호기심, 돈 벌고 싶은 욕심으로 책을 몇 권 펼쳐봤습니다. 금융 책은 쉬운 책으로 골라 봐도 뭔 소리인지 이해도 안 가고 그래서 뭘 어쩌라는 것인지 헷갈렸습니다. 그래도 경제를 알아야 하고, 재테크도 해야 하고, 돈도 밝혀야 하더라고요.

아이가 아프면 병원에 가야 하고 신발도 계절에 따라 필요하고 유치원에서 방과후수업도 들어야 합니다. 아이가 피아노 학원에 다니고 싶다고 해서 보내주면 바이올린도 배우고 싶다고 합니다. 아이들이 크면 더 넓은 집으로 이사해야 합니다. 먹고 싶다고 하는 것도 많아요. 제철에 나는 수박, 복숭아, 귤도 얼마나 비싼지 아이 셋 먹이려면 망설여집니다. 남편과 저는 애들 먹는 거 구경만 합니다. 그냥 하는 말이 아니라 정말 구경만 해요. 덕분에 다이어트 한다고 생각하고 있습니다.

저는 내 아이에게는 뭐든 최고로 해주고 싶다는 말을 들으면 별로 공감하지 못해요. '뭐 그렇게까지.'라고 생각하죠. 아이 셋을 뭐든 최고로 키우는 것은 대기업 회장님이나 할 수 있을 것 같습니다. 그런데 아이들이 원하는 것을 돈이 없어서 못 해준다면 제가 스스로 받아들이기 힘들 것 같아요. 안 하는 것과 못 하는 것은 다르잖아요. 그래도 내가 할 수 있는 범위 내에서 어느 정도는 지원해 주고 싶습니다.

세상에 돈과 관련되지 않은 일이 없습니다. 우리가 하는 일이 다 돈을 벌기 위한 것이에요. 직장도 자아실현이 아니라 돈 벌려고 나가는 곳입니다. 지금 내가 살고 있는 아파트도 시행사, 시공사가 돈 벌려고 지은 겁니다. 서민들의 주거안정과 안락한 휴식공간을 제공하기 위해서가 아니지요. 매일 사용하는 핸드폰과 노트북도 나한테 팔아서 돈을 버는 회사가 있습니다. 비행기, 지하철, 택시, 버스

모두 비용을 지불해야 이용할 수 있습니다. 아침에 무심코 먹는 사과도 그래요. 사과를 팔아 돈을 벌기 위해 과수원에서 땀 흘리고 일하는 겁니다. 노동의 가치, 일하는 즐거움도 좋지만 결국 돈을 목적으로 하는 것이지요.

남편은 왜 매일 스트레스 받아 가며 회사에 나갈까요? 월급 받아 식구들 부양하기 위해서입니다. 선생님들이 아이들한테 무시당하고 악성 민원에 시달리면서 매일 출근하는 이유도 결국 밥벌이 때문입니다. 월급 없이도 살 만하면 스트레스 받는 회사, 학생한테 성희롱 당하는 학교 따위는 출근 안 해도 될 겁니다. 제가 돈이 아주 많다면 큰아이가 무대에서 실수를 해도 너그럽게 봐줄지도 모릅니다. 빠듯한 생활비의 일부를 내어 의상을 맞추고 콩쿠르 참가비와 분장비를 들여 무대에 올려 보냈는데 실수를 해서 더 화가 나는 겁니다. 부모님이 아프실 때 부모님께서 경제적 여유가 있으면 알아서 병원에 가시고 자식들이 신경을 덜 써도 됩니다. 부모님이 병원 갈 돈이 없거나 치료할 돈이 없으면 자식들이 싸웁니다. 네가 해라, 왜 나만 하냐, 왜 내가 더 해야 하냐, 이러면서요.

경제적으로 여유가 있으면 많은 문제들이 가볍게 해결됩니다. 가볍지는 않더라도 큰 고통을 받지 않을 수 있습니다. 저는 그걸 너무 늦게 알게 된 거예요. 매서운 자본주의 사회에서 그동안 아무것도 모르고 살았습니다. 문명 시대에 글을 모르는 것과 같은 것이지요. 개인으로서, 성인으로서 자본주의 사회에서 돈은 곧 존립을 의미합니다. 돈이 필요한 이유는 너무도 분명합니다. 아이 셋을 키워야 하기 때문이죠. 그리고 나에게 자유와 존엄, 시간을 가져다줍니다.

나에게 맞는 재테크

유튜브를 보고 책을 읽으면서 가슴이 답답했던 또 다른 이유는 직장인이나 월급 받는 사람에 대해 못난이처럼 말하는 것 같아서였습니다. 제가 그중에 한 명이기 때문일 겁니다. 남편 역시 근면한 월급쟁이입니다. 직장인이 큰 조직의 부속품이라 해도 누군가는 해야 할 역할입니다. 성실하게 매일 출근하고 가족을 부양하는 사람들의 가치가 너무 떨어진 것은 아닌가 하는 생각이 들었습니다.

아이들이 어려서 집에 있을 때 팟캐스트를 거의 매일 들었습니다. 당시 제가 즐겨듣던 팟캐스트 방송에서는 직장을 그만두고 세계여행을 가고 창업을 하는 게 힙하고 멋진 일이며 너도 그렇게 해야 한다고 권하는 것 같았습니다. 남을 위해 일하지 말고 내가 진짜 원하는 것이 무엇인지 찾고 도전해 보라는 뜻이었겠지요. 하지만 평범하게 열심히 사는 사람들을 조롱한다는 느낌도 받았습니다. 지금은 유튜브에서 재테크 못하는 사람, 아직도 월급 받는 사람을 그때 그런 시선으로 보는 것 같기도 합니다. '아직도 직장에 다니고 있는 당신은 좀 답답하네.'라고 하면서요. 자본주의의 본질을 꿰뚫어 보고 직장의 굴레에서 벗어난 사람들은 정말 대단합니다. 인정해요. 하지만 가족을 부양하기 위해 오늘도 묵묵히 출근하는 사람들의 노고까지 폄하되지는 않았으면 좋겠습니다.

모두가 재테크에 성공하여 백억 대 부자가 될 수 없고 그렇게 돼야 하는 것도 아닙니다. 투자와 재테크도 어느 정도의 재능과 끌림이 있어야 가능한 일이에요. 그래야 시간과 노력을 쏟을 수 있습니다. 안 되는 것을 자꾸 하라고 강요하는 것도 오만이고 강요받는 것도 괴롭습니다. 대학 입시, 취업, 결혼, 출산 등처럼 재테크와 투자마저도 어떤 공식이 만들어진 것 같습니다. 모두 부동산, 주식, 코인에 투자해야 하고, 그래서 돈을 많이 벌어야 하고, 직장을 그만둬야 한다고 몰아가고 있는 것 같기도 하고요. 돈은 좋지만 또 다 같이 몰려가는 것은 내키지가 않습니다.

그럼 어떻게 해야 하는 걸까요. 직장도 다니고 재테크도 하고 더 '빡세게' 살아야 하는 걸까요. 네, 직장도 다니고 재테크도 해야 합니다. 그런데 아주 빡세게 살지 않고 조금만 빡세게 살아도 될 것 같습니다. 경제 관련 서적을 읽고 신문을 보는 것만 해도 꾸준히 한다면 괜찮을 것 같아요.

직장 다니는 게 너무 싫다면 치열하게 공부하고 투자해야 합니다. 수입을 보장하는 다른 일을 만들어 직장에서 빠져나와야 합니다. 그런데 그럭저럭 다닐 만하거나, 직장에서 얻는 이익이 더 크거나, 직장을 그만둔 후에 마땅한 대안이 없다면 계속 다녀야 합니다. 스스로 밥벌이는 해야 하니까요. 그러면서 금융과 경제에 반드시 관심을 가지고 의사결정할 때 평소에 쌓아온 지식을 활용해야 합니다. 은퇴 후도 준비해야 하고요.

조금이라도 꾸준히 관심을 가지는 것만으로도 충분하다고 생각합니다. 텔레비전 볼 시간에 금융과 부동산에 관련된 책을 읽고, 걸으면서 세금에 관련된 짧은 유튜브 하나라도 듣고, 집안일하면서 라디오 경제 프로그램을 틀어놓는 것도 좋지요. 직장에 다니면서 재테크, 금융, 경제에 대한 꾸준한 관심과 지식을 갖는 것, 필요할 때 그 지식을 활용하여 현명한 의사결정을 내리는 것, 소액이라도 현금흐름이 나오는 구조를 만들어 가는 것. 이것이 제가 정한 노선입니다.

직장과 투자를 병행하는 것, 전문용어로 '바벨전략'이라고 합니다. 안정적으로 직장에 다니면서 리스크에 노출된 투자를 함께 하는 것입니다. 모두가 창업을 하거나 전업투자를 할 수는 없습니다. 그러나 투자는 해야 하기에 월급을 받으면서 자본주의의 성장에 따른 수익도 동시에 챙기는 것입니다.

큰 부자는 못 돼도 작은 부자는 되고 싶습니다. 제가 생각하는 작은 부자는 아이들에게 물려줄 것은 없어도 아이들이 원할 때 한 번은 경제적으로 밀어줄 수 있는 능력입니다. 죽을 때까지 저와 남편이 먹고 싶은 거 먹고 단정하게 옷을 입는 것입니다. 1년에 한 번 정도 편안하게 여행할 수 있는 여유입니다. 부자도 나쁜 사람이 아니고(저는 얼마 전까지 부자에 대해 이런 이미지를 가지고 있었거든요) 노력해서 부를 일구었으니 대단한 사람입니다. 그 부를 유지하기 위해 애쓰고 있을 테고요. 돈도 좋은 것이지 멀리할 것은 아닙니다.

직장과 집 밖에서 어떤 일들이 일어나고 있으며 금융과

부동산 세계에서 사람들이 어떻게 돈을 벌고 있는지 꾸준히 관심을 가지고 내 능력 안에서 투자해야 합니다. 월급 외 소득도 가능하면 만드는 게 좋고요. 주식 배당금이나 부동산 월세도 좋습니다. 저작권을 활용한 인세나 사용료도 있고 내 취미를 살려 부업을 해도 좋습니다.

직장 다니는 것만 해도 힘든데 뭘 또 해야 하는 건가 싶지만 어쩔 수 없습니다. 그렇지 않으면 아이들 어떻게 키우냐고 걱정만 할 것 같아요. 늙어서 일도 못 하는데 돈도 없으면 그게 더 힘들 거예요. 안타깝지만 경제 공부나 부동산 시세를 체크하는 등 귀찮고 하기 싫은 일들을 해야합니다. 그래야 아이 셋도 키우고 제 노후도 준비할 수 있겠더라고요. 저도 방법을 찾고 노력하는 중입니다. 시작은 미약했지만 천천히 크게 만들어 가려고요. 절약하고 저축하고 내 능력 안에서 투자할 거예요. 나와 가족을 위해 어렵고 귀찮더라도 꼭 해야 하는 일입니다.

주식으로 돈 벌고 돈 날린 이야기

주식의 시작

 돈은 많을수록 좋은 것 같습니다. 이런 생각을 하게 된 지 몇 년 되었는데요. 구체적인 시점을 짚어보자면 제가 휴직을 한 후 아이가 셋이 되고 첫째가 발레를 전공하고 싶다고 한 때부터였습니다. 이 세 요인이 절묘하게 만나는 시점에서 돈에 대한 저의 생각이 적잖이 바뀌었습니다.

 저의 긴 휴직은 2015년 둘째를 낳으면서 시작되었습니다. 그때 주식을 처음 했어요. 남들이 주식으로 돈을 번다는 데 주식은 과연 무엇이고 어떻게 돈을 벌 수 있는지 궁금했습니다. 남편과 제가 같이 돈을 벌었는데 이제는 남편 혼자 급여를 받아오는 데다 아이도 둘이니 저도 뭔가 해야 했습니다.

주식 계좌를 만들고 소위 우량주라는 종목들을 샀습니다. 저에게 익숙한 엔터주 같은 것들도 몇 개 샀어요. 소액으로 경험부터 해보고 싶었습니다. 제대로 된 공부는 하지 않았어요. 그때는 주식하는 데 공부가 필요하다는 것조차 몰랐습니다.

돈을 잃기도 했지만 버는 것이 더 많았어요. 초심자의 행운이었죠. 적은 돈으로 하니까 마음이 조급하지 않아서 그랬던 것 같습니다. 정치테마주나 북한 이슈로 무기 파는 회사 주식을 사고팔아 돈을 벌기도 했습니다. 이때까지 주식은 신경이 많이 쓰이지만 재미있는 취미였습니다.

그러다 2018년 말 2019년 초에 복직을 결정하게 되었어요. 복직을 앞두고 앞으로 1년 동안 주식을 정리하겠다고 남편에게 선언했습니다. 그러면서 본격적으로 주식계좌에 시간을 들였습니다. 자주 열어보고 매매했던 것이죠. 그 과정에서 투자금액이 크게 늘어났습니다. 물을 좀 타면 모든 종목에서 수익을 보고 나올 수 있을 것 같았습니다. 정리는커녕 주식계좌는 규모가 점점 커졌고 주식을 사고파는 게 정말 재밌어졌습니다. 적금이나 예금밖에 몰랐던 남편과 저는 만기가 된 계좌의 돈을 모두 주식에 넣었습니다. 물타기용으로 조금씩 투입한 거죠. 결과는 나쁘지 않았습니다. 2019년 말 저는 주식으로 900만 원을 벌었습니다. '주식 쉽네. 공부 안 해도 돈 벌 수 있네.'라고 생각했습니다.

주식으로 돈 번 이야기

주식 공부를 아예 안 한 것은 아니었습니다. 주식계좌에 있는 돈이 순식간에 불어나고 돈을 벌기 시작하면서 공부가 필요하다고 느꼈습니다. 주식을 하다 보면 필연적으로 재무제표라는 것을 접하게 됩니다. 돈을 주고 재무제표 강의를 들었습니다. 환율과 돈의 역사에 관한 책도 읽고요.

결론부터 말하자면 공부 조금 한다고 주식으로 돈을 벌 수 있는 것이 아니더라고요. 주식 공부는 고등학교 수준으로 3년 이상 해야 하며 거기서부터 시작이고 끝이 없습니다. 금융과 주식에 대한 공부 없이 돈을 벌었다면 그것은 순전히 운이며 앞으로는 돈을 잃을 일이 활짝 펼쳐지는 것입니다.

그러던 중 코로나가 터졌습니다. 저의 주식 계좌는 −50%가 되었고 손실 액수는 억대가 되었습니다. 그러나 그렇게 불안하지 않았어요. 왜냐하면 잘 몰랐기 때문입니다. 잘 모르니까 큰돈이 주식에 들어가 있어도 '주식은 원래 그런 것'이라며 버텼습니다.

완전히 평안한 상태는 아니어서 매일 유튜브를 보고 들으며 희망 회로를 돌리긴 했습니다. 그래도 주식을 하면 이럴 수도 있다더라, 나만 잃은 게 아니라 다 같이 잃으니까 괜찮다고 생각했어요. 무식해서 용감했지요. 얼마 남지 않은 현금으로 물타기를 했습니다. 코로나와 함께 복직을 하며 작고 귀여운 월급을 받았습니다. 그것으로 충실하게 물타기를 했던 것입니다.

2, 3월에 최악이었던 주식시장은 몇 개월 뒤 쑥쑥 올랐고 돈을 약간 벌었습니다. 2021년 초까지 계좌는 무럭무럭 자라났습니다. 몇 년 치 연봉이 순식간에 빨간 숫자로 찍혀버렸어요. 어디다 자랑하고 싶어서 말할 기회가 생기면 액수를 부풀려 말하기도 했습니다. 주식 얘기가 나오면 듣고 있다가 아는 척을 하기도 하고요.

아이들과 여름휴가를 갈 때 외식도 척척하고 평소 고마웠던 분들께 선물도 했습니다(이건 좋아요. 돈 벌면 하고 싶은 일입니다). 발레 하는 첫째에게 개인 레슨도 시켜주고 그 비싼 작품비와 의상비도 내주었습니다. 발레 작품비와 의상비는 액수가 꽤 커서 고민을 오래 했지만 결국 해 주었어요. 그때는 전공반도 아니었는데요(그때 지출했던 작품비와 의상비를 두고두고 후회하게 되었습니다). 짠순 이인 제가 당시에는 간이 부을 대로 부었던 모양입니다. 이렇게 저의 마음이란 가볍고 얕은 것이었습니다.

사람은 겸손해야 한다

잘 나갈 때는 안 될 때를 대비해야 합니다. 주식 장세는 언제든지 바뀝니다. 사람이 겸손해야 한다는 것은 진리입니다. 2021년 중반부터 저의 주식계좌 수익률은 점점 낮아졌습니다. 제 계좌에는 중대형주가 많았는데 그 즈음에는 중대형주가 서서히 내려가고 소형주들이 크게 올랐거든요. 코스닥이 날아오를 때 '이거 1천만 원 넣으면 한 달에 1백만 원이고, 1억 넣으면 1천만 원 되는 거네.' 하며 월급 보다 더 벌어보겠다며 호기롭게 계좌를 새로 만들었습니다.

그렇게 내 생각대로만 되면 얼마나 좋겠어요. 세상 일이, 특히 주식은 내 마음대로 안 되는 겁니다(아이 키우는 일도 마찬가지입니다). 그런데 저는 제 마음대로 되는 줄 알았으니 지금 생각하면 황당하기 그지없습니다. 소형주만 거래하기 위해 새로 만든 계좌가 오르긴 했습니다.

팔아서 현금화하여 내 통장에 찍혀야 진짜 내 돈입니다. '더 올라, 더 올라.' 하면서 그대로 두었다가 수익률이 점점 내려갔습니다. 기다리면 다시 오를 거라며 근거 없는 확신을 가졌습니다. 정말 근거가 하나도 없었습니다. 굳이 근거를 찾아보자면 어떤 주식 전문가가 그 종목이 오를 거라고 했다는 것입니다. 하지만 그때는 이미 고점을 지나 추세가 꺾이는 시점이었던 거예요. 그런데 주식에 대한 공부가 제대로 되어 있지 않은 저는 '주식은 장기투자다', '내가 얼마까지 벌었는데 이거 먹고 나와야겠어!' 하며 버티기에 들어갔습니다.

잘나가던 계좌의 수익률이 점점 낮아질 때 장세가 꺾였음을 인지하고 다 팔고 나와야 했는데요. 욕심만 가득하고 흐름이나 추세 따위는 관심도 없던 저는 어떻게 되었을까요?

결국 두 개의 계좌 모두 2022년 후반, 큰 액수를 손절하게 되었습니다. 그 확정된 손실은 중형 수입차 한 대 값이었습니다.

'존버'하지 않으려면

엄밀하게 말하면 주식으로 돈을 잃은 것은 아닙니다. 벌긴 벌었어요. 중간중간 매도하여 수익을 확정하고 투자 액수를 줄여나갔거든요. 예를 들면 100% 벌 수 있었는데 50% 벌었다는 겁니다. 초보일수록 최고점을 생각하며 그게 다 내 돈이었는데 잃은 것이라고 생각합니다. 100% 올랐던 것이 50%로 떨어졌을 때 팔아서 수익을 확정 짓지 못하고, 다시 100%가 될 때까지 기다리다가 강제 '존버'에 들어갑니다. 그렇게 해서 큰 손실을 보거나 적은 수익밖에 올리지 못합니다. 제가 전형적으로 그렇게 한 거예요. 제 계좌는 결국 50%에도 훨씬 못 미치는 수익률로 마감하게 되었습니다.

그나마 돈을 좀 벌 수 있었는데 결국엔 적은 수익밖에 얻지 못한 이유는 뭘까. 수없이 당시 매수 매도의 순간으로 돌아갔습니다. 제3자가 보면 이렇게 말할지도 모릅니다. "너 돈 잃은 거 아니야. 돈 벌었어. 최고점은 누구도 못 잡는 거야. 그게 다 네 것이라고 생각하다니. 그럼 주식 초보가 최고점에서 다 팔고 부자가 되겠다고? 그건 고수도 못 하는 거야. 아이고, 아직 멀었다. 쯧쯧."이라고요. 그래도 계좌를 정리하던 시점에 크게 마이너스가 되었기에 그 이유를 알아내야 했습니다.

첫째, 욕심 때문이었습니다. 최대한 많이 벌고 싶은 욕심. 주식 고수도 최고점에서 팔지 못하고 부동산 고수도 최고점을 예측해서 집을 팔지 못합니다. 매수가로부터 어느 정도 수익을 올리고 어느 정도 고점이라고 생각할 때 매도하여 수익을 내야 합니다. 더 욕심부리다가 가격이 떨어집니다. 가격이 떨어질 때 그 주식의 가치를 알지 못하는 사람은 '아니야, 이건 일시적인 조정이야.'라고 고집을 부립니다. 오를 때는 영원히 오를 것만 같고 그게 다 내 돈이라고 생각하거든요. 그러다가 손해를 봅니다.

둘째, 그 주식의 적정 가치를 알지 못하기 때문입니다. 적정 가치가 정답으로 딱 나와 있는 것은 아니지만 내가 생각하는 적정 가치는 필요합니다. 그 가치를 모르니까 떨어져도 버티고 오르면 꼭지에서 팔려고 또 버팁니다. 내가 가치를 측정할 줄 알고 내가 세운 원칙에 따라 매매해야 합니다. 그 가치와 원칙에 따라 매매를 해야 싸게 사서 비싸게 팔 수 있습니다. 비싸게 팔 때 적당히 비싸면 됩니다. 그 적당히 비싼 가격을 원칙과 지식, 정보를 바탕으로 감지해야 합니다.

셋째, 공부가 부족했기 때문입니다. 적정가치도 모르고 원칙도 없고 욕심만 부리는 이유는 공부가 덜 되었기 때문이었습니다. 주식이 뭔지도 모르면서 돈만 많이 벌기를 바라는 것이죠. 흔히 하는 비유인데 공부도 하지 않고 전교 10등 안에 들고 명문대에 들어가길 바라는 것과 똑같은 거예요.

주식으로 돈 날린 이후

주식으로 남들은 얼마를 벌었는데 나는 겨우 이것밖에 못했다, 훨씬 더 벌 수 있었는데 내가 왜 그랬을까, 하는 괴로움이 깊어갔습니다. 자주 그리고 오랫동안 자책하며 시간을 되돌려 그곳에 머물러 있었습니다. '그 돈이면 우리 첫째 발레 전공 마음 편하게 시켜주고 비싼 토슈즈도 사줄 수 있는데, 우리 둘째랑 셋째 1년 내내 수영장 보내줄 수 있는데, 우리 식구 비행기 타고 여행 갈 수도 있는데, 차라리 남편 드림카나 사줄걸⋯⋯. 욕심부리다가 이게 뭐야.' 하는 자책과 후회로 시간을 보냈습니다.

저의 특기 중에 하나가 후회와 자책입니다. 그게 뭐 특기씩이나 되냐고 하실지 모르겠지만 저는 진짜 후회와 자책을 잘합니다. 오래 하고 자주 하고 심하게 합니다. 그나마 다행인 것은 아이들을 키우면서 챙겨야 할 것도 많고 할 일도 많아서 금방 잊어버립니다. 새로운 걱정들이 예고 없이 튀어나오니 걱정이 다른 걱정으로 잊힙니다. 다른 걱정과 후회들로 머릿속이 바쁘게 움직이지요.

부정적인 생각을 많이 하기는 해도 아주 어렵지 않은 일에 시도는 해보는 편입니다. 책을 읽고 유튜브를 보고 강의를 듣기 시작했습니다. 내가 돈을 잃은 이유는 뭘까. 그럼 앞으로 어떻게 해야 할까. 어떻게 하면 돈을 벌까. 어떻게 하면 부자가 될 수 있을까. 어떻게 하면 불쌍한 남편을 구해주고 아이 셋을 키워낼 수 있을까.

이해가 되든 안 되든 부동산과 주식, 경제에 관한 책을 읽었습니다. 집안일을 할 때는 관련 유튜브를 듣고 돈을 주고 강의를 수강했습니다. 정말 많은 주식 전문가, 부동산 전문가, 재테크 강의들이 있더군요. 거기에서 진짜를 찾아내는 것, 나와 맞는 강의를 찾는 것부터가 시간과 노력을 필요로 했습니다.

제가 주식에서 망한 첫 번째 이유가 욕심이었듯이 모든 것은 마음가짐에 있었습니다. 나는 큰돈을 잃었고 열심히 공부하고 있으며 적지 않은 시간 동안 주식을 하고 있으니 이제는 멘탈이 강해질까? 아닙니다. 했던 실수를 또

합니다. 제 마음은 먼지처럼 가볍게 이리저리 날아다닙니다. 모든 전문가의 말이 다 맞는 것처럼 들립니다. 그 전문가라는 사람들도 틀릴 때가 많습니다. 당연한 것이죠. 그냥 방송에 나와서 본인이 아는 것을 말하는 것뿐입니다. 그런데 저 사람 말대로 하면 큰돈을 벌 수 있을 것 같습니다. 종목을 찍어주기도 하는데 '내 느낌'으로 저 종목 괜찮은 것 같다 싶으면 이런저런 이유를 갖다 붙이며 그 종목을 사고야 맙니다. 그리고 또 돈을 잃습니다.

남의 말 들어서 돈 벌 수는 없습니다. 어쩌다 한 번 벌 수도 있습니다. 그러나 계속 남의 말만 듣다가는 망합니다. 믿었던 그 사람을 원망하고 미워하게 됩니다. 나만 흥해지는 거죠. 꾸준한 공부를 통해 자신에게 맞는 원칙과 투자를 찾아내고 실행해야 합니다. 뻔한 말이지만 그게 정답입니다.

그래도 시장에 있어야 한다

주식 시장에서 내 의지를 믿으며 버텨내는 것은 저에게 너무 벅찬 일이었습니다. 그렇다고 투자를 안 할 수는 없었어요. 자본주의 세상을 살아가면서 주식을 안 할 수는 없다고 생각하거든요. '그럼 어떻게 해야 하지? 더 이상 내 의지나 정신력을 믿지 말자. 데이터를 믿어보자.' 절박한 마음으로 저에게 맞는 투자 방법을 찾아다녔습니다.

주식을 공부하면서 자연스럽게 부동산에도 관심을 가지게 되었는데요. 남들이 부동산으로 돈 벌 때 나는 뭐 했나 하며 또 과거에 집착하게 되었습니다. 주식이나 부동산으로 돈을 벌고 부자가 된 사람들이 대단하다고 인정하면서도 배가 아팠습니다. 저는 질투의 화신입니다. 질투도 열정과 가능성이 있어야 할 수 있는 것이라 요즘에는 현실의 나를 인정하면서 그나마 덜 하는 편이긴 합니다.

그들이 그러한 성취를 이루어 내기 위해 얼마나 노력하고 힘든 시간을 보냈을지 짐작이 갑니다. 그렇기에 더 질투가 나는지도 모릅니다. 사람들이 자산을 불리기 위해 부지런히 움직이는 동안 저는 편한 것만 찾고 애 키우기 힘들다고 불평만 하고 있었던 겁니다. 그래서 늦게라도 따라 해 보려고 했습니다. 부러워만 하지 말고 뭐라도 해봐야죠.

그런데 저는 유튜브나 재테크 카페에 있는 사람들처럼 왠지 그쪽으로 더 깊이 들어가지지가 않는 거예요. 어렵기도 하고 귀찮기도 해서일 겁니다. 그래도 계속 뭔가 저와 맞지 않는 것 같았습니다. 내가 할 수 있는 투자, 나에게 맞는 투자를 찾아야 했습니다. 내 일상과 노후를 지키고 아이 셋을 키울 수 있는 방법이 없을까.

자본주의 사회에서 나의 노후를 지키고 아이 셋을 키우기 위해서 돈은 반드시 필요합니다. 필요할 뿐 아니라 다다익선이지요. 그러나 돈만 생각하면 일상을 살기가 어렵습니다. 돈이 필요한 이유는 궁극적으로 즐겁고 평온한 일상을 위해서잖아요. 그런데 주식에 매달려 있으면 정작 나에게 주어진 하루를 잘 살아내기 힘듭니다. 한때는 집안일과 아이들은 제쳐두고 주식 생각만 했습니다. 주식 창을 오랫동안 들여다보고 있었고 쓸데없이 매매를 했습니다. 가치투자인지 스윙인지 내가 뭘 하고 있는지도 모르고 뒤죽박죽이었죠.

가치투자라는 것도 공부해 보았어요. 주식의 가치를 측정하고 그 회사가 어떻게, 무엇으로 돈을 버는가를 알아야 했습니다. 그것을 아는 것이 매우 어려울 뿐 아니라 안다 해도 분석한 종목으로 돈을 벌 수 있느냐는 또 다른 문제였습니다.

그럼 단타나 스윙은 어떤가. 그것은 더 어려웠습니다. 어려울 뿐 아니라 하루 종일 주식 창을 쳐다보고 있어야 하고요. 공부도 엄청나게 많이 해야 했습니다. 아이 셋 키우고 집안일하기도 벅찬데 곧 복직까지 해야 하는 저에게 맞지 않는 방법이었습니다. 제가 주식을 매매했던 방식이 스윙과 가치투자 어딘가에 있는 것 같은데 더 이상 이런 식으로 하면 안 될 것 같았습니다.

결국 제가 찾은 것은 퀀트투자와 자산 배분 투자입니다. 현재는 마음 편하게 데이터에 기반한 투자를 하고 있어요.

퀀트투자는 데이터에 기반한 기계식 투자 방법이며 매수, 매도시점이 정해져 있습니다. 자산 배분 투자는 주로 ETF를 매매하며 주식, 채권, 원자재와 국가 별로 자금을 분산하고 주기적으로 리밸런싱을 해주면 됩니다.

미국 주식에서 달러로 배당금 받는 재미가 쏠쏠합니다. 액수는 적은데 그래도 몇 만 원이 입금됐다고 문자가 오면 기분이 좋아요. 예상하지 못한 돈이 필요할 때 배당받은 달러를 원화로 환전하여 쓰면 좋을 것 같습니다. 예를 들어 글쓰기 수업이 듣고 싶은데 계획한 예산이 없을 때 유용할 것 같아요.

이렇게 말하면 제가 금융지식이 풍부하고 경제적으로 여유 있는 사람처럼 보일지도 모르겠습니다. 그렇지는 않아요. 실컷 말했지만 현재 5인 외벌이 가정이며 아이가 셋입니다. 어떻게 하면 다시는 돈을 잃지 않을까, 아이 셋을 제대로 교육시킬 수 있을까, 남편의 부담을 덜어주는 방법은 뭘까, 고민하며 발버둥 치는 과정에 있을 뿐입니다. 분명한 것은 냉혹한 자본주의 사회에서 반드시 내 자산을 지키고 조금이라도 불려나가야 한다는 것입니다.

5.

개인주의 엄마의 취향

살기위한독서

셋째를 계획하고 낳았냐고 물으면 어떤 사람들은 '실수' 였다고 웃으면서 말합니다. 저도 그렇게 대답할 때가 있어요. 제가 셋째를 갖기 전에는 어떻게 아이를 실수로 가질 수 있는지 이해할 수가 없었습니다. 결국 그 이해할 수 없는 짓을 하게 되었지요. 사람 일은 모르는 것이니 항상 겸손해야 합니다. 누구 흉을 보면 잠시 후 또는 며칠 내로 제가 흉봤던 그 행동을 똑같이 하고 있을 때가 있거든요.

아이 둘을 돌보는 것도 매우 지치는 일이었습니다. 아이가 하나였을 때 아이 둘 키우는 선배맘이 했던 말이 있습니다. 아이를 둘 키우다 보면 전혀 생각하지 못한 일들이 자주 일어난다고요. 예를 들면 이런 것들입니다. 동생 분유를 먹이고 있는데 첫째는 기저귀에 똥을 잔뜩 싸놓고 걸어 다닙니다. 첫째를 병원에 데려가야 하는데 비 오는 날

차도 없고 둘째를 놓고 갈 수도 없어서 두 놈 다 유모차에 태우고 갑니다. 엄마는 우산 쓸 손이 없어서 비를 잔뜩 맞고 갑니다. 아이가 하나에서 둘이 되는 일도 차원이 다른데, 셋을 키우는 사람은 도대체 어떻게 사는지 진심으로 대단하게 여겼습니다. 그 대단한 일을 어쩌다 보니 제가 하고 있습니다.

첫째가 갓난아기였을 때는 모든 게 당황스럽고 두려웠습니다. 모든 걸 잊고 그냥 잠이나 자면 좋으련만 그럴 수도 없잖아요. 결혼했으면 애를 낳아야 하는 거 아니냐 하셨던 부모님과 시부모님께 배신감도 느꼈습니다. 이 세상에서 애를 낳고 키우는 모든 사람들이 미웠습니다. 자신들은 애를 낳고 다 키워놔서 잊어버린 걸까. "아, 참 맞아! 애키우기 진짜 힘들어. 우리가 말 안 했지? 원래 그런 거야." 그렇게 속으로 말하며 신참 훈련시키는 건가 싶기도 했고요. '이게 바로 물귀신 작전이구나.' 싶었습니다. 누가 도와준다고 해도 아기를 돌보는 일은 온전히 엄마의 몫이었습니다.

첫째를 낳고 출산휴가 후 복직했을 때 "아기 너무 예쁘죠?"라는 말을 들었습니다. 당황스러웠어요. '네? 아기가 예쁘다고요? 게다가 너무 예쁘기까지? 나는 잘 모르겠는데······.' 이게 제 속마음이었습니다. 하지만 "네······." 웃으며 대충 대답했습니다. 아기가 예쁘긴 했지만 너무 예쁘지는 않았고 피곤과 부담이 압도적으로 컸습니다.

둘째는 계획했던 아이고 좋은 산후조리사님을 만나 산후우울증을 가볍게 넘겼습니다. 하지만 셋째는 임신을 안순간부터, 임신 중에도, 아이를 낳은 후에도 몸과 마음이 몹시 힘들었습니다. '아이를 낳고 키우고 낳고 키우고 낳고 키우다가 나이만 먹는구나. 나도 가벼운 몸으로 혼자서 차도 마시고 조용히 책도 읽고 직장에서 일하고 싶은데 이번 생은 이렇게 끝나는 건가? 혼자 다니는 아줌마들은 어떻게 저렇게 혼자 몸으로 걸어 다니지? 직장을 다니는 사람들은 어떻게 아이를 키우면서 살지? 저게 나에게도 가능한 일이 될까?' 피곤한 육아만 하다가 할머니가 될까 봐두려웠습니다. 신체적으로 힘든 육아는 10년 정도 해야 한다고 들었는데 그 말을 믿을 수가 없었습니다. 믿고 싶지 않았어요.

남편도 미웠습니다. 내가 얼마나 힘든지 그 사람은 관심이 없고 나에게서 자신의 욕구만 채우는 천하의 몹쓸 놈이었죠. 모든 것이 암담했습니다. 아기를 낳고 바로 증발해 버리고 싶었어요. 죽을 용기는 없고 그렇게 한다 해도 첫째, 둘째에게 죄를 짓는 일이었습니다. 타의에 의해서 또는 어쩔 수 없는 이유로 사라져버리고 싶었습니다. 내일 아침 눈뜨지 않기를 바라며 잠들었습니다. 아침에 눈을 뜨면 오늘 하루는 어떻게 보내야 할지 가슴이 답답했어요. 아이들이 부르고 아기가 울어야 겨우 일어났습니다. 다시 그 길고 고된 육아를 해낼 자신이 없었습니다. 열심히 살아봤자 내 의지와는 상관없이 세상은 내 앞길을 가로막고 끝없는 자갈밭만 걸어가는 것 같았어요.

하지만 언제까지 이럴 수는 없었습니다. 어린아이들 키우는 엄마가 하염없이 울고 짜증내며 살 수는 없잖아요. 어떻게든 루틴을 만들고 일상을 살아야 했습니다. 제가 살기 위해 택한 것은 책을 읽는 것이었습니다.

나에게 주는 선물

'유체이탈'이라는 경험을 해본 적 있으세요? 무한 책임을 져야 하는 작고 어린 존재가 또 생겼다는 부담감이 저를 무겁게 짓눌렀습니다. 셋째 아이를 낳고 약 2개월 동안 몸과 마음이 심하게 무기력했습니다. 여기 있는 나는 내가 아니며 진짜 나는 따로 있는 것이었습니다. 여기 지금 이 모습은 꿈이고 가짜였습니다. 또 다른 내가 소파에 앉아 울고 있는 나를 내려다봅니다. 안락한 곳에서 걱정 없이 계획대로 살고 있는 내가 진짜 나입니다. 그런 진짜 내가 셋째 아이를 낳고 한없이 가라앉은 채 눈물을 흘리고 있는 가짜 나를 보고 있는 거예요. 한동안 그런 상태로 살았어요.

그때 읽은 책이 채사장의 『열한 계단』이었습니다. 당시에 채사장은 핫한 작가였습니다. 첫째가 유치원 가고 둘째랑 집에 있을 때 팟캐스트를 많이 들었어요. 그때 〈지대넓얕〉이라는 프로그램을 즐겨 들었습니다.

책이라도 읽어보려고 아파트 단지 내 도서관에 갔는데 『열한 계단』이 보란 듯이 꽂혀 있는 거예요. 그것도 새 책으로요. 전부터 아파트 도서관에 자주 갔는데 아담하고 편안한 곳이라 좋아했습니다. 내가 좋아하는 공간에서 이렇게 인기 있는 작가의 책을 새것으로 볼 수 있어서 기뻤습니다.

채사장은 직장 동료들과 차를 타고 가다가 큰 교통사고를 당했고 그 사고 현장을 의식이 있는 상태로 목격했다고 합니다. 그것은 고스란히 그에게 깊은 트라우마가 되었고요. 사고 이후 한동안 심한 우울증을 겪었다고 했습니다. 사람이 큰 충격을 받으면 현실을 있는 그대로 받아들이지 못한다고 합니다. 그는 진짜 자기는 죽었고 살아 있는 자신은 가짜라는 느낌을 받았다고 해요. 이런 현상은 사람이 극한의 우울에 빠져 있을 때 겪는다고 합니다.

'내가 아주 심한 우울증이었구나.' 그것을 인지하는 순간 신기하게도 서서히 현실을 받아들일 수 있게 되었습니다. 바닥까지 내려간 내 마음과 늘어진 내 모습을 한 발짝 떨어져 바라볼 수 있게 되었어요.

"군 생활의 2년을 의미 있는 시간으로 만들어서 스스로에게 선물해야겠다 하고 말입니다."

— 채사장, 『열한 계단』(웨일북) 중에서

　채사장과 함께 군 생활을 했던 안 병장의 말입니다. 안 병장은 전역해서 사회에 돌아가면 군에 있었던 2년은 버린 시간이 되겠다고 생각했대요. 그러니 걱정이 됐다고 합니다. 20대의 가장 소중한 시간을 하찮은 시간으로 채울 수는 없다고요. 그래서 군 생활 2년을 자신에게 주는 선물 같은 시간으로 만들겠다고 다짐했대요. 그리고 구두부터 닦았다고 해요.

　육아를 군 생활에 비유하기도 하죠. 이 부분을 읽고 저도 똑같이 하기로 했습니다. 나의 소중한 30대를 원망과 눈물로 채울 수는 없었습니다. 이 시간을 귀하게 받아들이고 나에게 선물하기로 했습니다. 그렇게 처음 한 일은 눈물, 콧물이 잔뜩 묻은 옷을 갈아입고 아이를 안아주는 것이었습니다.

두꺼운 책들의 추억

셋째를 낳고 키우면서 무너진 나의 마음과 일상의 루틴을 바로잡기 위해 계속 책을 읽었습니다. 갓난아기는 밤낮을 가리지 않고 수시로 기저귀를 갈아줘야 하고 분유나 젖을 줘야 합니다. 첫째, 둘째까지 함께 챙겨야 했기 때문에 하루가 정신없이 돌아갔습니다. 그래도 틈틈이 책을 읽었어요. 읽는 것은 고사하고 내가 손으로 책을 잡고 펼칠 수는 있을까, 그 한 조각 여유가 있을까 싶었는데 일주일에 한 권 정도는 읽을 수 있었습니다.

셋째는 다행히 잘 먹고 잘 놀았습니다. 첫째와 둘째가 유치원과 어린이집에 간 사이에 우리 둘만의 평온한 시간도 생겼습니다. 그때 책을 많이 읽었어요. 주로 소설이나 인문학, 논픽션이었습니다. 어렵고 두꺼워서 읽기 힘들지만 관심이 있었던 책을 몇 권 골랐습니다.

버지니아 울프의 『자기만의 방』, 칼 세이건의 『코스모스』, 장 코르미에의 『체 게바라 평전』, 리처드 도킨스의 『이기적 유전자』 같은 책입니다. 막내는 혼자 놀고 저는 그 옆에서 소리 내어 책을 읽었지요. 혼자 조용히 읽다 보면 졸음이 쏟아지고 이해도 잘 안됐어요. 거의 활자만 읽는 수준이었습니다. 소리 내어 읽으면 잠도 덜 오고 아이랑 함께 책을 보는 것 같아 좋았어요. 이런 책들을 읽어주면 아이가 똑똑해지지 않을까 하는 'K 엄마'의 마음도 있었고요.

『코스모스』와 『이기적 유전자』는 주제만 기억날 뿐 과학적인 내용은 거의 이해하지 못했습니다. 하지만 혼자 읽으라면 엄두도 나지 않았을 책을 아이와 함께 있는 동안 완독할 수 있어 뿌듯했습니다. 『자기만의 방』은 무슨 말을 하는 건지 알다가도 모를 내용이 이렇게 두꺼운 책을 꽉 채우고 있는 것이 놀라웠습니다. 한 가지 확실한 것은 여자가 작가가 되기 위해서는(자신의 일을 하기 위해서는) 자기만의 방과 돈이 필요하다는 것이었습니다. 200% 공감하며 지금까지 가슴에 잘 새겨 실천하고 있습니다.

"그녀에게 자기만의 방과 연간 500파운드를 주자."

— 버지니아 울프, 이미애 옮김, 『자기만의 방 · 3기니』(민음사) 중에서

　어느 날 막내와 저만 집에 있던 오전이었습니다. 저는 소파에 기대 책을 읽고 막내는 벽을 짚으며 걸어 다니고 있었습니다. 한창 걸음마 연습을 하던 때였어요. 책 읽기를 멈추고 그런 아이의 모습을 바라보았습니다. 신기하고 너무 예뻤습니다. '내가 아이를 또 낳았구나. 아이를 셋이나 낳았어. 그 가장 어린 아기가 저렇게 커서 벌써 걸어 다니고 있어. 시간은 유유히 흘러가고 있어.' 그렇게 아이를 바라보고 있을 때 아이도 고개를 돌려 저를 보았습니다. 저를 향해 웃고 뒤뚱거리며 걸어옵니다. 웃으며 저를 안아줍니다. 제 어깨에 몸을 기대고 계속 안아주었습니다. 그 다정하고 따뜻했던 시간이 영상처럼 제 마음에 있습니다.

태도를 결정할 자유

정유정 작가의 소설을 굉장히 좋아하고 거의 다 재밌게 읽었습니다. 어느 인터뷰에서 정유정 작가가 빅터 프랭클의 『죽음의 수용소에서』라는 책을 추천했습니다. 정유정 작가가 추천한 책인 데다 작가 이름과 제목도 멋졌습니다. 죽음의 수용소에서 살아남은 사람이 전해주는 이야기는 누군가의 위로나 물리적 도움보다 저에게 큰 힘이 되었습니다. 힘들다, 힘들다 하지만 지금 내가 있는 곳은 최소한 죽음의 수용소는 아니잖아요.

셋째를 낳기 전까지 저는 세상을 만만하게 봤던 것 같아요. 내가 바라는 대로 돼야 했고 안 되면 괴로웠습니다. 지난 일을 붙잡고 이럴걸, 저럴걸 하며 과거 그때로 돌아가 한참을 머물러 있었습니다. 세상일이 원래 내 마음대로 되어야 정상인데 왜 그렇게 안 되냐고 생각했던 거죠. 사실은 그 반대인데요. 솔직히 과거에 대한 집착은 지금도 못 고치는 저의 나쁜 습관입니다. 요즘은 그나마 '아, 또 이러고 있네, 잠깐만 후회하자.' 하면서 빨리 빠져나오려고 합니다.

"자기 자신의 길을 선택할 수 있는 자유만은 빼앗아갈 수 없다는 것이다."

— 빅터 프랭클, 이시형 옮김, 『죽음의 수용소에서』(청아출판사) 중에서

이 책을 읽은 지 꽤 많은 시간이 지났지만 제가 잊지 않고 자주 떠올리는 글귀입니다. 인간에게서 모든 것을 빼앗아 갈 수 있어도 단 한 가지 빼앗아 갈 수 없는 것은 주어진 환경에서 자신의 태도를 결정하는 자유라고 합니다. 똑같은 환경에서 누군가는 자포자기하고 누군가는 현실을 인정하면서도 희망을 품고 살아가겠지요.

살면서 매번 저 글귀처럼 실천하지는 못합니다. 현실에서는 불평하고 과거 일을 곱씹고 있어요. 항상은 바라지도 않고 다섯 번 중에 한 번이라도 주어진 환경에서 자신만의 태도를 정하고, 나만의 길을 선택할 수 있다면 얼마나 좋을까요. 그래도 요즘은 그렇게 하려고 노력합니다. 내가

의식하지 못하지만 내 몸과 마음에 책 속의 지혜가 켜켜이 쌓여 힘든 시간을 이겨내는 단단함을 만들어 줄 거라 믿어요.

용돈 많이 주는 할머니가 돼야지!

5인 가족이 외벌이로 사는 것은 팍팍합니다. 게다가 저는 돈을 모으는 것을 좋아하는데 모을 게 없으니 살림을 꾸려나가는 재미가 없더라고요. 어떻게 하면 큰아이 학원비를 척척 내줄 수 있을지, 둘째, 셋째가 수영장 다니고 싶다고 할 때 계산기부터 두드리지 않을 수 있을지 머리를 굴려봅니다.

본격적으로 재테크라는 영역에 관심을 가지기 시작하면서 주식, 부동산, 돈에 관한 책을 주로 읽었습니다. 열심히 책을 읽는다고 경제가 어떻게 돌아가는지 다 알고 돈을 많이 벌었냐하면 그건 아닙니다. 그래도 읽기 전과 후는 많이 달라졌습니다.

제가 애 낳고 키우느라 정신없는 사이 사람들은 자산을 열심히 키우고 있었습니다. 주식에 투자하고 부동산을 사고팔고 모으고 있었습니다. 코인은 무서운 거다, 하면 안 되는 거다, 이런 것인 줄만 알았는데 그게 아니었습니다. 코인은 돈 벌자고 하는 것이지 정치적이나 철학적으로 접근할 문제가 아니었습니다. 사람들은 실제로 코인으로 돈을 벌고 있었어요. 저도 뒤늦게 코인이라는 게 대체 뭔가 싶어 소액으로 경험 삼아 사보았는데요. 손실을 확정 짓고 현재는 계좌만 남아 있습니다.

둘째를 낳고 휴직을 하면서 부동산에 관련된 책들을 읽었습니다. 그 책들은 저에게 마치 소설이나 에세이처럼 느껴졌습니다. 이런 사람들도 있구나 하면서 성공 스토리 정도로 인식했었지요. 뭘 어떻게 하라는 건지 모르겠고, 그래서 실행하지 못했습니다. 주식 책은 철학 책 같기도 하고 경제학 공식이나 이론에 들어가면 무슨 소리인지 이해가 잘 안되었어요.

아이들이 크면서 이사를 하기 위해 부동산에 관심을 가지게 되었습니다. 그때야 제가 어떤 책을 읽고 도움을 받아야 하는지를 알게 되었습니다. 무작정 남이 좋다거나 많이 팔린 책을 읽는 게 아니라 나에게 맞는 책을 읽어야 그게 실전에 도움이 되더라고요.

몰랐던 세계를 알고 앞으로의 의사결정에 활용할 생각

을 하니 재테크 책을 몰입해서 읽게 되었어요. 돈을 벌었다가 망했다가 다시 돈을 번, 자신의 이야기를 하는 책들은 소설처럼 재미있게 읽었습니다. 재테크 관련 책을 읽을 때는 다른 책들이 시시할 정도였어요.

보통 부동산 책은 '내가 이만큼 고생했다, 그 힘든 걸 내가 해냈다'고 하는 경향이 있습니다. 또는 '나만 믿고 따라와. 내가 도와줄게.' 하면서 형님이나 오빠를 자처하기도 합니다. 주식 책은 '내가 이렇게 똑똑하다, 이 어려운 것을 내가 안다'고 하는 느낌을 받습니다. 아예 대놓고 당신을 상대로 돈을 벌겠다고 말하는 경우는 오히려 솔직해서 좋습니다.

인상 깊게 읽었던 경제 서적과 재테크 책 중에서 꼭 한 권만 뽑아보라고 하면 이 책을 권하고 싶습니다. 홍진채 대표의『주식하는 마음』입니다. 주식을 주제로 한 자기 계발서나 에세이 같은 느낌입니다. 매매의 기술이나 재무제표 분석하는 방법보다는 주식을 하는 태도에 관한 글입니다. 말 그대로 주식하는 '마음'을 이야기하는 책이지요. 매매의 기술, 타이밍, 차트 보는 법, 재무제표 분석은 주식 투자에 있어 중요하고 꼭 알아야 하는 것들입니다(그렇다고 제가 다 안다는 말은 아닙니다). 투자 지식이나 정보, 테크닉이 태도 따위보다 훨씬 중요할 것 같은데 실제 투자를 하다 보면 그렇지가 않습니다. 돈을 벌지 못하는 이유는 욕심과 흔들리는 마음 때문입니다. 그럼 어떻게 주식하는 마음을 지녀야 하는지 저자는 친절하고 자세하게 말해 줍니다. 주식을 한다면 꼭 읽어보라고 동네방네 권하고 싶은 책이에요.

저자는 투자의 세계에 '달변가'나 '헛똑똑이'들이 많다고 합니다. 한마디로 남의 말만 들으면 안 된다는 겁니다. 또한 한 번의 베팅으로 부자가 되는 것이 아니라는 것과 '전체 의사결정 과정', '확률론적인 사고'를 강조합니다. 매일 꾸준히 공부하고 성공 확률을 높이는 것이 투자의 세계에서 살아남아 돈을 벌고 투자 실력을 높이는 방법이라는 것이지요.

"매일매일의 훈련을 게을리하지 않는 모습이 곧 실력입니다."

— 홍진채, 『주식하는 마음』(유영) 중에서

저를 포함한 대부분의 사람들이 주식 투자로 한 번에 부자가 되기를 꿈꾸는 것 같습니다. 운 좋게 고른 종목 하나로 부자가 된다니 생각만 해도 좋습니다. 저도 그렇게 되고 싶어요. 그런데 그것은 그냥 안 된다고 보는 게 낫습니다. 실제로 확률이 매우 낮아요. 개인의 행복을 위해서는 자신의 욕구와 감정을 표현하고 돈에 대한 욕망도 솔직한 것이 좋다고 생각하는데요. 목표를 이루기 위해서는 절제가 반드시 필요합니다. 폭등할 종목 하나에 '몰빵'해서 10배, 20배 오르면 얼마나 좋겠어요. 하지만 실제 투자는 그렇게 되지가 않더라고요. 만약 그런 경우가 있다면 그것은 정말 수많은 모래알 중에 하나일 것입니다.

실제 투자는 높은 확률에 감당할 수 있는 금액(잃어도 크게 지장이 없는)을 베팅하여 성공 횟수를 늘리는 것입니다. 작은 성공이라도 괜찮습니다. 가끔은 돈을 잃고 깨져도 됩니다. 투자란 원래 그런 것이니까요. 하지만 작은 성공을 자주 하고 큰 성공을 한 번씩 하면 결국 돈을 벌게 됩니다. 자본주의 사회를 살면서 주식 투자는 피하기 어렵고 피해서도 안 될 일이라고 생각합니다. 계획된 자금과 투자, 그리고 흔들리지 않는 마음이 있다면 건물주는 못 되더라도 손주들 용돈 팍팍 줄 수 있는 할머니가 될 수 있을 겁니다.

육아 책은 이제 안 읽습니다

육아나 자존감에 대한 책을 안 읽은 지 한참 되었습니다. 아이 눈을 바라보고 아이의 말을 끝까지 경청하라고 하는데요. 음…… 이론과 현실은 엄연히 다릅니다. 아이가 버릇없이 굴면서 온갖 핑계를 갖다 대고 내 말은 안 들으면서 자기 말만 옳다고 합니다. 그러면서 엄마를 째려보는데 경청할 수가 없습니다.

있는 돈 없는 돈 끌어다가 레슨비 내주고 자기가 하고 싶다는 거 시켜줬더니 아이가 학원 가기 싫다고 짜증을 냅니다. 참을 인(忍) 자를 가슴에 새기며 말합니다. "응, 그래. 네가 많이 힘들구나." 그러면 아이는 더 공감해달라고 합니다. "응, 그래. 네가 엄마에게 공감받고 싶구나. 불안해도 용기 내보자."라고 저도 해봤습니다. 한두 번은 해도 더는 못합니다.

등원 준비 하는 아침, 한 놈은 마음에 드는 양말이 없다고 옷을 다 끄집어 내놓고 있고, 한 놈은 오늘 내야 하는 숙제가 있는데 어디다 뒀냐고 울면서 찾고 있습니다. 이 상황에서 "응, 그렇구나, 마음에 드는 양말이 없구나." 하고 마음을 읽어주라고요? 경험해 보지 않고 듣기 좋은 이론만 말하는 책은 더 이상 읽고 싶지 않습니다.

시중에 나와 있는 대부분의 책이 엄마가 이렇게 해야 한다, 저렇게 해야 한다고 가르치고 엄마 탓을 합니다. 엄마가 아이를 다그쳐서, 엄마가 마음대로 끌고 다녀서, 엄마가 마음을 읽어주지 않아서 아이가 문제행동을 일으킨다고 합니다. 엄마가 잘못했고, 엄마가 바뀌어야 한다고 합니다. 틀린 말은 아니에요. 아이를 키우는 데 엄마의 역할은 결정적입니다.

보통의 엄마들은 최선을 다하고 있고 자신이 할 수 있는 만큼, 또는 그 이상으로 아이를 잘 키우기 위해 노력합니다. 그 방향이나 방법이 잘못되었을 수도 있겠죠. 아이를 사랑하면 마음을 읽어줘야 하는데 이거 해라 저거 해라, 너는 왜 재처럼 못 하냐 하고 다그치면 안 되죠. 그렇다 해도 책에서는 완벽한 상을 만들어 놓고 빈틈없이 엄마들만 쪼아대는 것 같습니다.

신생아 때는 낮잠 3시간 자고 2시간 놀고 밥 먹이고 다시 낮잠 재우는 패턴을 유지해서 밤에는 통잠을 재우라고 하는데 아이가 기계인가요. 애가 하나면 꾸준히 시도해 볼지도 모릅니다. 애가 둘, 셋이면 책에서 하라는 대로는커녕 화 안 내고 하루를 보내면 아주 잘한 겁니다.

저희 첫째에게는 책에서 하라는 대로 열심히 해봤습니다. 전혀 먹히지 않았습니다. 둘째는 이런 시도를 하지도 않았는데 알아서 먹고 자고 했습니다. 셋째 때는 이건 그냥 하늘이 결정하는 것이라고 생각하고 방임하니 알아서 큰 것 같아요. 셋째는 먹고 자고 입고 싸는 행동에 대한 어떤 특별한 규칙 없이 언니들에게 묻어가며 컸습니다. 셋째는 발로 키운다고 하는데 그게 힘들지 않아서가 아니라 그냥 상황 되는 대로 대충 키워서 그런 것 같습니다.

육아는 이제 나도 어떻게 해야 하는지 얼추 알겠다 싶어 책을 읽지 않는 것도 있습니다. 육아 책에서 하라는 대로 할 수도 없고 그건 그냥 이론일 뿐, 현장 육아에서는 1,000명의 아이에게서 1,000개의 케이스가 나오는 것 같습니다. 누가 저에게 그러더라고요. "너는 다른 사람에게 육아에 대해 강의할 사람이지 들을 사람은 아니다."라고요. 그 말을 들었을 때 웃으며 '맞다'고 했는데 그 말이 점점 진짜 맞는 것 같아요. 제가 꼭 잘해서가 아니라 나는 나만의 방식으로 육아를 해야 한다고 생각하게 된 거예요.

누구 말에 따라서 책에 나온 대로 밥은 어떻게 먹이고, 마음은 어떻게 읽어주고, 잠은 어떤 환경에서 재워야 하고, 학습은 어떻게 시켜야 하는지 따라 할 수도 있습니다. 하지만 그것은 어디까지나 참고할 뿐입니다. 주식 전문가라는 사람들이 방송에 나와서 다 맞는 말만 하는 것 같잖아요. 그런데 그 사람들 말 믿고 따라 산다고 돈을 버는 건 아니지요. 육아나 주식이나 마찬가지인 것 같아요.

저는 부모교육 같은 것이 꼭 필요하고 아이 낳기 전에 육아 관련 서적 최소 5권은 읽어봐야 한다고 생각합니다. 육아와 심리, 자존감을 주제로 한 책이 아이를 키우는데 확실히 도움이 됩니다. 그렇다고 나는 왜 저렇게 못하나 자책하거나 꼭 그렇게 해야 한다고 집착할 필요는 전혀 없습니다. 다른 사람들의 조언을 참고하여 나와 나의 아이에게 맞는 방법을 찾으면 됩니다. 삐걱거릴 때도 있겠지만 고쳐가면서 계속하면 됩니다.

상상으로 떠나는 여행

저희 남편은 여행을 싫어합니다. 여행을 싫어하는 사람은 없을 거라고 말하려고 했는데 바로 옆에 있는 사람이 여행을 싫어하네요. 그냥 집에서 텔레비전 보고, 밥 시켜 먹고, 자는 게 여행보다 좋다고 합니다. 저도 그런 편이긴 하지만 여행이 그리울 때가 있습니다.

첫째가 만 네 살이고 둘째가 16개월이었을 때 넷이서 제주도에 간 적이 있습니다. 맑은 하늘, 푸른 바다, 자연 속에서 뛰어노는 아이들, 사 먹는 밥, 청소하지 않아도 되는 숙소 등 즐거운 여행이었습니다(둘째가 바닷가에서 갑자기 똥을 싸거나 공항에서 몸을 비틀며 울거나 덥다고 짜증을 내기는 했지만). 또 가고 싶어요.

그런데 애 셋을 데리고 여행을 간다고 하면 계획부터 한숨이 나옵니다. 다섯 식구가 어디 잠깐이라도 나갈 때는 문을 나설 때부터 이미 에너지 50%는 쓴 상태입니다. 둘째, 셋째가 기저귀 차고 다니던 시절에 여행은 생각도 못 했습니다. 남편과 저는 돈 쓰고 시간 들이며 애들 데리고 고생할 필요가 없다고 믿는 사람들입니다.

그래도 여행을 가고 싶을 때가 있습니다. 새로운 곳에 가고 싶고 낯선 공기도 마시고 싶고 아침에 일찍 일어나 숙소 주변을 산책해 보고 싶습니다. '혼자 한 번 가봐?' 하다가도 남편과 아이들이 있는데 무리하면서까지 그렇게 하고 싶지는 않아요. 아, 혼자 외박한 적이 몇 번 있습니다. 유난히 지치는 날, 미쳐버리게 힘들면 저 혼자 가까운 호텔에 가서 자고 온 적이 있습니다. 돈 쓰는 걸 싫어하는 제가 잠자고 쉬는데 10만 원 이상을 지불했다는 것은 그럴 수밖에 없을 만큼 간절했다는 겁니다. 그런 작은 일탈이 저에게는 여행과 같은 것이었죠.

"여보, 당신은 여행 가는 거 귀찮지? 나는 가고 싶기도 해. 그런데 여행은 직접 가는 게 아니라 상상하는 거야! 그치?" 제가 이렇게 말하면 남편의 반응은 끄덕끄덕.

20년 전, 유럽여행하면서 기억에 남는 장면들을 떠올리며 다시 그 속으로 들어가 봅니다. 스위스 인터라켄에서 캐녀닝이라는 액티비티를 했었습니다. 높이 3미터 정도 되는 바위 위에서 계곡물로 뛰어내리는 코스가 있었습니다. 한참 망설이다가 결국 무서워서 못 했어요. 상상 속에서는 한 번에 뛰어내립니다. 이탈리아 베네치아로 가는 야간열차에서 만난 홍콩 남자애가 저에게 관심을 보이며 자꾸 말을 붙였습니다. 그런데 저는 대충 얼버무리며 피해 다녔습니다. 상상 속에서는 유창한 영어로 대화하고 사귀는 사이가 됩니다. 여행지에서 만난 외국인 남자친구를 사귀는 거죠.

미국 샌디에이고에 약 13년 전에 갔었는데 그때 바다를 제대로 감상하지 못했어요. 지금이라면 바닷가에 앉아서 사람 구경도 하고 바다를 실컷 보고 싶습니다. 같이 갔던 일행이 쇼핑을 주로 한데다 저 혼자 차도 없이 바닷가에 가는 게 무서워서 한두 번밖에 못 갔거든요. 지금이라면 쇼핑몰 대신 혼자 버스라도 타고 바닷가에 가겠습니다.

귀찮아서, 돈 드니까, 아이들만 두고 갈 수가 없어서(데리고 가면 극기 훈련이 될 수 있어서) 여행은 주로 이렇게 상상으로 합니다. 그 상상의 원동력 중 하나가 책입니다. 가고 싶지만 못 가본 나라들 중에 동남아 휴양지와 북유럽 나라들이 있습니다. 그럴 때는 여행 가이드북이나 여행 에

세이를 읽습니다.

유튜브나 TV에서 여행지 소개해 주는 프로그램을 볼 때
도 있는데 저는 책이 훨씬 좋더라고요. 화면에 보이는 것
은 이상하게 답답합니다. 상상을 할 수 없어서 그런 것 같
아요. 화려하게 편집되거나 출연자들이 신나게 즐기는 모
습이 비현실적이기도 하고요. 역시 제 취향은 책입니다.
더불어 책을 통해 나와 비슷한 사람들을 만날 수 있어 외
롭지 않습니다.

김연수 작가의 『언젠가, 아마도』를 무척 재미있게 읽었
습니다. 제가 좋아하는 것들이 많이 들어있어요 기차, 도
서관, 서점, 외국에서 혼자 살기, 달리기 등. 저자는 학생
이었을 때 김천에서 대구까지 완행열차를 타고 작은 여행
을 합니다. 대구에 도착해서 가는 곳은 대구에서 제일 큰
서점이에요. 하루 종일 그곳에서 책을 읽다가 다시 기차를
타고 돌아옵니다. 기차 창밖으로 저녁 풍경을 바라봅니다.
저자는 풍경을 바라보며 생각합니다.

"그 저녁은 먼 훗날 정말 아름다웠다고 회고하게 되리라고, 그때 나는 생각했다."

– 김연수, 『언젠가, 아마도』(컬처그라퍼) 중에서

기차를 좋아하는데 타본 적이 거의 없습니다. 그래서 좋아할지도 모르죠. 새롭고 설레는 대상이니까요. 저녁에 혼자 기차를 타고 창밖을 바라본다면 저도 그날을 오래도록 기억하게 될 것 같습니다.

무라카미 하루키의 에세이도 저의 육아 기간 동안 함께 했던 책입니다. 무라카미 하루키의 살아가는 태도와 모습을 좋아합니다. 비록 책으로 접하지만 정말 책에 나온 대로 사신다면 존경할 만한 분입니다. 새벽에 일어나 무조건 몇 시간 동안 글을 쓰고 달리기를 하고 작가로서 루틴을 유지합니다.

『달리기를 말할 때 내가 하고 싶은 이야기』는 제가 정말 좋아하는 책입니다. 저자 하루키는 여행지에서도 뛰는 것을 멈추지 않습니다. 그리스 아테네에서 마라톤까지 달리기를 합니다. 현지 주민이 그런 바보 같은 짓은 안 하는 게 좋다, 제정신을 가진 사람이 할 일이 못 된다고 하는데도 강행합니다. 저는 상상합니다. 새벽에 일어나 여행지 주변을 걷거나 뛰는 것을요(저는 하루키처럼 더운데 먼 거리를 뛰고 싶지는 않습니다). 그 유명한 그리스의 산토리니든 아테네든 고요하고 낯선 공기 속에서 뛰는 기분은 어떨까요? 가슴이 두근두근합니다.

이 책에서 저자는 우리에게 가장 소중한 것은 대부분의 경우, 눈에 보이지 않지만 마음으로 느낄 수 있는 것이 분명하다고 합니다. 심지어, 진정으로 가치 있는 것은 효율이 나쁜 행위를 통해서만 획득할 수 있다고 하는데요. 가성비와 효율을 중요시하는 저는 과연 그럴까 오랫동안 생각하게 됩니다. 여행을 간다는 것은 가성비와 효율이 떨어지는 행위인 것 같아요. 그래서 여행을 별로 안 좋아하는 것 같기도 하고요. 아이를 키우는 것, 아이 셋을 데리고 여행을 가는 것도 가성비와 효율이 무척 떨어지는 일이지요. 하지만 때때로 진정 가치 있는 것, 효율이 나쁜 행위에서만 획득할 수 있는 것이 있을 거라 믿고 싶습니다. 부디 그것이 공허하거나, 어리석은 행위가 아니기를.

"비록 공허한 행위가 있었다 해도, 그것은 결코 어리석은 행위는 아닐 것이다."

– 무라카미 하루키, 임홍빈 옮김, 『달리기를 말할 때 내가 하고 싶은 이야기』

(문학사상) 중에서

집에 있을 때 '엄마' 하고 부르는 소리를 100번은 듣는 것 같습니다. 아이 한 명당 30번은 부를 거고 일단 엄마를 부르고 보는 일도 많으니까요. 실제 100번 보다 적을 것 같긴 한데 저의 체감상 그렇습니다. 특히 방학 때는 엄마 소리를 지겹도록 듣습니다. 배고플 때, 화장실 갈 때, 언니 일러바칠 때, 동생 일러바칠 때, 자기 머리띠 못 찾을 때, 요구르트 뚜껑 못 딸 때, 샤워하기 싫은데 꼭 해야 하냐고 물을 때 등등.

아이들이 엄마를 부를 때 저는 거의 항상 무언가를 하고 있습니다. 밥 먹은 식탁을 닦거나, 청소기를 돌리거나, 빨래를 널거나, 이제 잠깐 쉬어볼까 하고 엉덩이를 의자에 붙일 때거나, 이제 나도 책 한 줄 읽어볼까 하고 책을 펼치는 순간이거나. 15분짜리 요가 영상을 보며 따라 하는 중에도 아이들이 들이닥쳐서 방해받지 않고 마치는 경우가 거의 없습니다. 식탁에 멍하니 앉아 있으면 "엄마 왜요? 뭐 쳐다봐요?"라고 묻습니다(그래서 제가 아침형 인간이 되긴 했습니다. 방해받지 않는 시간을 위하여). 너무 피곤할 때는 앞으로 1시간 동안 엄마 부르지 말라고 합니다. 그리고 방으로 들어가 누워버립니다. 그래도 막내는 머리를 꼬면서 엄마를 부르며 나타납니다.

도서관은 저에게 안식처이자 아지트입니다. 도피할 수 있는 곳이자 특별히 시간에 얽매이지 않고(낮 7시부터 밤 9시까지) 가서 쉴 수 있는 곳입니다. 누구에게 말할 필요도 없고, 아무도 나에게 말 시키지 않는 곳. 지금 이 글도 도서관에서 쓰고 있어요. 무소음 키보드와 마우스가 없어서 다른 사람에게 피해를 줄까 봐 열람실에는 못 들어가지만 상관없습니다. 요즘 도서관 시설이 무척 잘 되어 있어서 열람실 밖 휴게공간도 충분히 좋습니다.

읽을 신문과 마실 물을 넣은 가방을 메고 호기롭게 도서관 안으로 들어갑니다. 아래층부터 위층까지 계단이 쭉 이어져 있고 계단 중간 중간 안락한 의자와 테이블이 있습니다. 의자는 빨간색, 초록색 패브릭으로 포근해 보여요. 한

쪽 벽면에는 책이 가득 꽂혀 있습니다. 그 사이에 띄엄띄엄 명언 같은 것들이 쓰여 있어요. 지금 제가 앉은 자리에서 보이는 것은 '더 많이 사랑하는 것 외에 다른 사랑의 치료 약은 없다—헨리 데이비드 소로'라고 적혀 있네요. 헨리 데이비드 소로의 『월든』과 『시민의 불복종』을 흥미롭게 읽었습니다. 중간 부분까지는요. 읽으면 왠지 있어 보일 것 같아 뒷부분은 꾸역꾸역 읽었습니다. 더 많은 것을 소유하기 위해 더 많이 일하고 누군가 만들어 놓은 틀 안에 우리는 알아서 들어가 노예로 산다고 말하고 있죠. 듣기 좋은 말만 한 게 아니라 실제로 저항하며 묵묵하게 써 내려간 기록입니다.

평일 오전의 도서관은 평화롭습니다. 화장실도 언제나 깨끗합니다. 이런 공간을 무료로 누릴 수 있다니 나는 운이 좋다는 생각이 듭니다. 건강한 아이들, 성실한 남편에게 감사함을 느낍니다.

도서관 루틴은 보통 신문을 훑어본 후, 책을 읽고 찜 해 놓았던 책을 빌리는 것입니다. 순서는 때마다 다른데 책 빌리기와 소독을 먼저 하기도 해요. 코로나 이후로 책 소독기가 비치되어 있어 책도 야무지게 소독해서 가져갑니다. 소독기 안에서 바람에 팔랑거리며 소독되는 책을 보면 제 마음도 개운해져요. 그걸 보는 게 재밌어서 시간을 30초씩 추가하기도 하고요. 신문 읽기 싫어서 시간을 끌려고 최대한 오래 책을 소독할 때도 있습니다.

종이 신문을 읽는 이유는 최소한 세상이 어떻게 돌아가는지 알아야 하기 때문입니다. 사람들이 무엇에 관심이 있고 무슨 생각을 하는지, 앞으로 어떤 변화가 일어날지 신문을 보면 어렴풋하게나마 알 수 있어요. 신문이든 텔레비전 뉴스든 실제와는 많이 다르기 때문에 반드시 걸러 들어야 합니다. 아이러니하게도 이 또한 신문을 보면서 알게 되었습니다.

평일 오전이긴 하지만 성인 열람실은 공부하고 책 읽는 사람들로 거의 꽉 찹니다. 부지런한 사람들이 많아서 자극을 받아요. 다른 사람들 보다 더 일찍 가면 기분이 좋고 늦게 가서 자리가 없으면 의문의 일패를 당한 것 같습니다.

다른 층에 있는 어린이 도서관도 시설이 무척 훌륭합니다. 아이들 책을 빌리러 성인 열람실보다 더 자주 가는 곳이에요. 이곳은 평일 오전에 정말 넓고 쾌적합니다. 다른 사람들은 잘 모르는 나만의 소중한 비밀공간이에요. 보통 공부하는 어른들은 어린이 도서관 안으로 잘 안 들어옵니다. 학기 중에 아이들은 거의 학교나 유치원에 있으므로 오전 시간 어린이 도서관은 헐렁합니다. 누군가 들어가 있지 않으면 아까울 정도예요. 이 공간을 이렇게 그냥 둘 수는 없지요. 넓은 4인용 책상을 여유 있게 차지하고 신문을 펼쳐 읽습니다.

신문과 책을 다 읽고 아이들 책을 빌린 후 소독까지 마치면 성인 열람실 서가에서 슬슬 산책을 합니다. 꽂혀 있는 책들이 갤러리의 그림처럼 예쁩니다. 직장을 옮긴다면 하고 싶은 일 중에 하나가 도서관에서 일하는 것입니다. 실제로 도서관이나 서점에서 일하는 것은 보는 것과 다르게 바쁘다고 들었습니다. 신체적으로도 힘들고요. 도서관 사서 도우미를 하는 어머님들이 책 정리하는 게 너무 힘들어서 손목이 나갈 지경이라고 하시더라고요. 역시 세상에 신체노동이 아닌 일이 없습니다.

책장 사이를 걸어 다니며 책 제목도 읽어보고 디자인도 봅니다. 그중 마음에 드는 게 있으면 뽑아서 훑어봅니다. 몇 개 뽑아서 자리에 앉아 읽기도 해요. 마음에 쏙 드는 책을 발견할 때는 뜻밖의 선물을 받은 것 같습니다. 책을 대출하기 위해 도서관 카드를 인식시키면 '삐' 소리가 납니다. 그 소리를 들으면 다이어리에 계획했던 일을 다 하고 줄을 쫙 긋는 기분입니다. 이것까지 마치면 오전 도서관 루틴이 마무리돼요.

　가방에 책을 차곡차곡 정리하고 물통에 물이 흐르지 않는지 확인합니다. 가방을 메고 뿌듯한 마음으로 걸어 나옵니다. 이 모든 과정이 게임의 각 단계를 클리어하고 다음 단계로 넘어가는 것처럼 재미있습니다.

카페에서

어쩌다 카페에 가기도 합니다. 저는 카페보다 도서관을 좋아하긴 하지만요. 카페에서는 비싼 음료를 마셔야 하고 시끄러운 곳도 있잖아요. 웅성웅성한 화이트 노이즈는 괜찮지만 쩌렁쩌렁한 목소리도 자주 듣기 때문에 가능하면 카페보다는 도서관으로 갑니다. 그래도 카페에 가는 이유는 시간적으로 도서관에 갈 수 없거나 걷기 힘든 날이 있기 때문입니다.

카페에 가면 한 잔에 보통 5천 원 이상 하는 비싼 커피를 마셔야 할 때, 멈칫 해집니다. 저는 5천 원 이상의 비싼 커피는 현금 5억 정도 있는 사람이 마시는 것이고, 치킨은 현금 10억은 있어야 먹는 것이라고 말하곤 합니다. 농담이긴 하지만 완전히 농담은 아닙니다. 비싼 음료를 마셔야 하니 최대한 깐깐하게 갈 곳을 정합니다.

쾌적한 공간을 긴 시간 이용할 수 있다면 5천 원 정도야 충분히 지불할 수 있습니다. 그런데 카페가 본래 조용히 책 읽는 곳은 아니잖아요. 시끄러운 곳은 딱 질색입니다. 사람이 많거나 테이블 간격이 좁은 곳은 일단 거릅니다. 음료가 너무 비싼 곳도 거릅니다. 음악은 쿵쾅거리면 안 되고 재즈나 클래식처럼 가사 없이 흘러가는 멜로디여야 합니다.

한 번은 아이를 학원에 들여보내고 근처 카페에 갔습니다. 카페라테를 주문하고 앉아서 신문을 읽으려고 할 때였습니다. 가수 이소라의 노래가 나왔습니다. 이것만 듣고 신문 읽어야지 했는데 그다음은 잔나비. 이것까지만 들어야지 했는데 그다음은 폴킴 노래가 나왔습니다. 아이 레슨 받는 동안 신문을 다 읽고 나가야 하는데 노래 때문에 집중이 되지 않았습니다. 카페에 손님이 저 혼자라서 사장님께 부탁드렸습니다. 가사 없는 음악이나 다른 나라 노래로 바꿔달라고요.

조명이 너무 어두우면 안 되고 너무 밝아서도 안 됩니다. 특히 밤에 어두운 카페는 글자가 눈에 잘 안 들어오고 졸리거든요. 이러한 조건들을 만족하는 카페는 사실상 찾기 어렵습니다. 적당히 타협을 해야 합니다. 커피가 비싸더라도 테이블 간격이 넓고 사람이 없으면 일단 1차 통과. 창문을 통해 앉을 만한 자리가 있는지 살펴보다가 너무 시간을 끌고 결정을 못 하는 내가 싫어질 때쯤 그냥 가까운 곳으로 들어갑니다. 정 결정이 안 될 때, 또는 커피 값이 너무 비쌀 때는 남편에게 전화를 겁니다. 상황을 설명하고 어딜 가면 좋겠냐고 물어봅니다. 다행히 남편은 커피 값 비싸도 좋은 데로 가라고 해줍니다. 귀찮아서 빨리 끊으려고 그럴 수도……

그런 카페에 들어와도 거기서 끝이 아닙니다. 저는 카페에서 책을 볼 때 긴장이 됩니다. 옆에 어떤 사람이 앉느냐가 중요하거든요(요즘은 코로나 때문에 더 신경이 쓰입니다). '나처럼 혼자 조용히 책 읽는 사람이 왔으면 좋겠다.' 하고 바라지만 바라는 것은 오지 않는 법. 옆자리에 여러 명이 앉거나 두 명이 와서 이야기를 합니다. 둘이 와도 둘 중에 한 명은 목소리가 큽니다. 목소리가 크면 발음도 좋아서 그 사람이 하는 말이 귀에 쏙쏙 들어옵니다. 눈은 제 앞에 활자를 보고 있지만 귀는 이미 그쪽 테이블로 열려 있어요. 무슨 얘기를 하는지 듣고 빠져듭니다.

20대들이 둘 이상 올 때는 주로 사진 잘 찍어서 인스타에 올리는 것이 1순위입니다. 평균적으로 15분은 사진 찍는 데 쓰는 것 같습니다. 이야기 주제는 연애와 진로, 취업입니다. 30대는 아기 키우는 이야기와 부동산이나 주식, 남편과 시댁 흉보기, 40대 이상은 아이들 진학, 학원, 건강, 연로하신 부모님, 부동산 이야기 등을 주로 합니다. 혼자서 속으로 훈수를 두기도 해요.

연애로 힘들어하는 20대들에게는 사실 공감이 잘 안됩니다. 드라마도 20대가 연애하는 것은 잘 안 봅니다. 바람피우고 이혼하고 재혼하는 이야기는 저절로 공감이 됩니다. 이혼한 여자가 새로운 남자와 썸 타는 이야기는 감정이입이 되어 나라면 어떻게 할 것인가 상상도 합니다. '라떼' 같은 말인데 20대의 연애는 너무 쉽고 행복한 고민 같습니다. 세상은 넓고 만날 사람은 많은데 뭐가 걱정이냐, 많이 만나고 많이 헤어져라, 후회 없이 즐기라고 말해주고 싶습니다. 솔직히 사랑 때문에 마음 아파하는 게 부럽기도 해요. 그 열정과 마음 아파할 시간이 있다는 것이요. 지금의 저는 연애보다 누워서 낮잠을 자거나 마사지 받는 편을 택할 것입니다.

좋아하는 사람 또는 사귀는 사람과의 관계로 인한 고민과 상처는 아프지만 분명 필요합니다. 나와 타인을 이해하고 나에게 맞는 사람을 찾을 수 있는 기회가 되기도 하잖아요.

하지만 세상에는 괜찮은 사람들도 많습니다. 굳이 괴로운 만남을 지속할 필요는 없죠. 마음 아프게 하는 사람 말고 착하고 성실한 사람 만나는 게 여러모로 좋습니다(꼭 누군가를 만나야 한다면요). 결혼하면 착하고 좋은 남자도 변합니다. 안 좋은 쪽으로요. 부부로 살다 보면 '설마 이 사람이 그러진 않겠지.'라고 생각했던 일들이 일어날 수도 있습니다.

30대 아기 키우는 사람들에게는 그때가 제일 좋은 때다, 나도 애들 서너 살까지는 진짜 힘들었는데 다 지나가더라, 지금 나는 그때 그 작은 아기를 안고 싶어 미치겠다, 그런데 절대 돌아가지 못한다, 너무 울면서 시간을 보내지 마라, 하고 차 한 잔 사주면서 다독여 주고 싶어요. 쓰고 보니 당사자 귀에는 하나도 들어가지 않을 하나마나 한 소리네요. 그런데 다 사실입니다.

40대 이야기를 들을 때는 극도로 공감하며 '그래, 남들도 다 힘들구나, 나만 힘든 거 아니니까 그만 징징대야지.' 합니다. '그런데 내가 40대라고?' 하며 흠칫 놀랍니다. 그러다가 50대 이상부터는 '아…… 인생 길구나, 내가 저 나이가 될 때(금방 돌아옵니다) 어떤 말을 할 것인가.' 하며 생각에 잠깁니다.

20대에는 30대가, 30대에는 40대가 오지 않을 것 같았습니다. 그런데 생각보다 빨리 왔습니다. 열심히 살았는데 뒤돌아보니 별로 해놓은 것도 없는 것 같아요. 지난 15년 동안 저의 가장 큰 성과라면 아이 셋을 낳고 키운 것입니다. 하지만 그것 말고 내가 할 수 있는 다른 무언가도 있지 않을까 생각해 봅니다. 50대가 되어서는 뒤돌아보며 후회하고 싶지 않습니다. 그러려면 지금 나에게 주어진 이 시간, 내 할 일에 몰입해야겠지요. 옆 테이블 이야기는 이만큼만 듣고 제가 가져온 책을 읽어야겠습니다.

채식주의자

둘째를 낳고 채식주의자가 되었습니다. 채식주의자라고 하면 거창하게 들리는 데 정확히 말하면 저는 페스코테리언입니다. 페스코테리언은 육류와 가금류는 먹지 않고 해산물과 달걀, 치즈는 먹습니다. 저 같은 경우 돈가스나 치킨의 가장자리 바삭한 튀김 부분을 먹거나 샌드위치 사이에 햄을 먹기도 합니다. 아이들 반찬으로 돈가스를 줄 때, 그 바삭한 튀김 부분이 너무 먹고 싶어요. 식구들이 치킨을 시키면 그 냄새가 참기 힘들고요. 고기는 안 먹고 싶은데 튀김은 먹고 싶습니다. 그래서 튀김 옷 부분만 잘라먹습니다. 채식을 시작하고 오랫동안 샌드위치에 들어 있는 햄도 빼고 먹었는데요. 그러면 귀찮기도 하고 음식물 쓰레기도 생겨서 이제는 그냥 먹습니다. 핑계가 길었는데 조금 유연하게 채식을 한다고 하겠습니다.

다른 사람들과 식사할 경우 굳이 말하지는 않지만 어쩔 수 없이 밝혀야 할 때가 있습니다. 그럼 상대방이 묻습니다. "왜요?", "아…… 그게…….", "건강 때문이요?", "네…….” 대충 이렇게 넘깁니다. 채식을 결정한 몇 가지 이유가 있는데 건강도 그중에 하나입니다. 아이 친구 엄마가 몸이 많이 안 좋아서 한의원에 갔는데 채식을 권했대요. 그래서 채식을 오래 했더니 몸도 나아지고 피부도 좋아졌다고 했습니다. 그럼 안 할 이유가 없잖아요. 그 말을 들었을 때 이미 저는 채식에 관심을 가지고 있었거든요.

어느 날 들었던 팟캐스트 프로그램에서 철학자 한 분이 나왔습니다. 그분이 했던 말의 요점이 무엇이었는지는 기억나지 않습니다. 하지만 한 가지 분명하게 기억하는 것이 있습니다. 우리나라가 조선시대에 잦은 전쟁으로 굶주리며 비참하게 살았을 때, 동네에서는 아이가 많으니 집집마다 돌아가면서 아이를 잡아먹었다는 겁니다. 해당 아이가 있는 가족은 그날 식사 자리에 나오지 않고요.

그 말을 듣는 순간 다시는 고기를 먹지 않기로 결정했습니다. 그전까지 채식을 할까 말까 재고 있었는데 더 이상 핑계 같은 건 대고 싶지 않아졌습니다. 이 이야기를 떠올리고 글로 쓰는 지금도 가슴이 답답하고 머리가 띵합니다. 인육이라는 것은 역사적 사실이고 소설의 소재로 활용되기도 합니다. 하지만 엄마가 된 이후 그것은 완전히, 정말 완전히 전과는 다른 것이었습니다.

저에게 자극을 줬던 또 다른 팟캐스트가 있는데 그것은 〈법륜스님의 즉문즉설〉입니다. 스님이 사람들의 고민 상담을 해주는데 거기에 우리가 사는 얽히고설킨 삶, 희로애락이 다 들어있어요. 스님께서 상담을 하시며 자주 하는 말씀이 있습니다. 우리는 과보가 너무 많다고요. 생명을 죽이고 그걸 맛있게 먹겠다고 이 부위 저 부위 잘라서 불로 지진다고요. 저도 딱 그런 과보를 저질렀습니다. 외식은 고기로 해야 했고 김치는 삼겹살 기름으로 볶아줘야 맛있었습니다. 보쌈은 주기적으로 먹어줘야 했고요. 치킨, 숯불갈비, 곰국 다 좋아해서 남편은 저를 육식주의자라고 불렀습니다.

인간이 잔인하다는 것은 알고 있었지만 그건 '고래는 고등어를 먹이로 먹는다.', '전쟁에서 적을 무찔렀다.' 같은 느낌이었습니다. 읽고 듣고 지나가는 거지요. 하지만 임신, 출산, 육아를 거치면서 인간이 생명에게 갖는 태도, 생명에게 저지르는 잔인함이 전과는 다르게 다가왔습니다.

인간이 전쟁이나 지독한 굶주림 같은 극단적인 경우에만 잔인한 것이 아니었습니다. 지금 우리는 극단적인 경우도 아닌데 한때 생명이었던 것을 죽여 그것을 먹고 있습니다. '하지만 고기로 먹는 건 동물이잖아요. 사람이 아니잖아요.'라고 하실 수 있습니다. 그렇기는 하지요. 하지만 닭이나 소, 돼지도 인간이 죽이기 전까지 숨을 쉬고 눈을 깜빡이고 두 발로, 네 발로 걸어 다니던 생명이었습니다. 피부가 있고 그 밑에 혈관에서는 피가 돌고 있었습니다.

새끼는 어미의 몸속에서 자라고 어미는 새끼를 낳습니다. 세상 밖으로 나온 새끼를 어미는 핥아줍니다. 어미는 자기 새끼를 먹이고 키웁니다. 새끼는 어미 품에서 잠을 자고 어미젖을 먹고 어미를 졸졸 쫓아다닙니다. 어린 동물은 정말 예쁩니다. 어미 눈에 새끼는 더 예쁘겠지요. 우리도 그 어린 동물을 보고 귀여워합니다. 그리고 크면 잡아먹습니다. 고기가 맛있다고, 고기를 먹어야 힘을 쓴다고요.

사람의 아기나 동물의 새끼나 다르지 않다고 생각합니다. 사람이 동물보다 더 힘이 세고 지능과 도구가 발달했을 뿐, 어미가 새끼를 낳고 키우는 것은 다르지 않아요. 사람인 우리도 한때 아기였고 어미의 돌봄을 받아 성인이 되었습니다. 새끼였던 동물도 어미의 보살핌을 받으며 자라 성체가 됩니다. 새끼 때나 성체 때나 숨을 쉬고 눈을 깜빡이고 소리를 내고 걷고 잠을 잡니다.

　이탈리아인지 프랑스 남부인지 초록색 넓은 들판을 뒤로하고 근사한 테이블이 세팅되어 있습니다. 어린 양, 어린 돼지를 찌고 무슨 소스를 발라 요리한 것이라면서 음식이 소개되고 고급스러운 접시에 담겨 나옵니다. 출연자들이 그것을 보고 맛있어 보인다며 박수를 치고 웃습니다. 그리고 칼로 잘라 맛있게 먹습니다. 여행 프로그램의 한 장면입니다.

　채식을 하기 전에도 저는 스테이크를 별로 좋아하지 않았어요. 고깃덩어리를 식탁 위에서 칼로 자르는 게 기괴하게 느껴졌습니다. 덜 익혀야 맛있다고 합니다. 칼로 자를 때 피가 흘러나옵니다. 그것을 입에 넣고 씹으며 맛을 느낍니다. 그게 맛있는 건지 잘 모르겠더라고요. 내 피도 무서운데 남의 피를 보고 그걸 입에 넣는 게 몹시 언짢았습니다.

　혹시 나도 채식 한 번 해볼까 하는 분이 계시다면 살포시 권하고 싶습니다. 한 번에 끊는 게 어렵다면 일주일에 하루만 채식, 한 달에 일주일만 채식, 이런 식으로 늘려나가도 좋고요. '치킨은 먹지만 소고기나 돼지고기는 먹지 않겠다.'라든가 '삼겹살은 먹지만 갈비나 보쌈은 먹지 않겠다.' 같은 식으로 조금씩 육류 섭취량을 줄여보는 것도 좋아요.

그래도 건강을 위해서 고기를 먹어줘야 하는 거 아니냐, 그렇게 먹는 것까지 절제하면서 살아야 하나, 먹는 재미라도 있어야 살지, 등 고기를 먹지 못하는 아쉬움이 있을 겁니다. 채식의 장점도 많습니다. 일단 채소가 고기보다 훨씬 쌉니다(누가 짠순이 아니랄까 봐). 기름기도 없어서 설거지와 부엌 정리가 쉽습니다. 돈도 아끼고 살도 덜 찌고 건강에도 좋고 환경에도 좋습니다.

아이를 키우는 부모라면 채식에 대해 진지하게 생각해보셨으면 좋겠습니다. 생명을 낳고 키우는 사람이잖아요. 나 혼자 살면 하고 싶은 대로 해도 크게 상관없습니다. 하지만 내 아이들은 이 땅에 남아 오래 살아야 하잖아요.

생긴 대로 살겠습니다

저는 대체로 내성적이고 혼자 있는 것을 좋아합니다. 사람들과 잘 어울리고 처음 만난 사람과 말도 잘 하지만 그래도 제가 가장 좋아하는 시간은 혼자서 조용히 보내는 시간입니다. 여럿이 어울리면 금방 피곤해지고 사람 많고 시끄러운 곳에서는 정신이 없습니다. 멍해지고 집에 빨리 가고 싶다는 생각만 들고요. 쇼핑이나 여행도 별로 안 좋아해요. 지금도 마트 가는 것을 그렇게 즐기지 않습니다. 일단 사람 많은 곳은 피하고 봅니다.

사람이 많이 모여서 방방 뛰는 콘서트 같은 것도 싫어합니다. 가수가 '다 같이~.' 이러면서 박수를 유도하거나 일어나라고 하면 난 이미 즐거운데 왜 자꾸 일어나라, 박수쳐라 시키는 것인지 엉거주춤 해집니다. 어렸을 때는 일어나서 춤추고 소리 질러야 멋있는 건 줄 알았습니다. 그래서 어울리지 않게 신나는 척을 하기도 했습니다. 클럽에 한 번도 안 가 봤는데 텔레비전으로 보는 클럽은 제가 싫어하는 모든 것이 모여 있었습니다. 어둡고 밀폐된 공간, 많은 사람, 큰 음악 소리.

김연수 작가는 『언젠가, 아마도』라는 책에서 휴일의 놀이공원을 대단히 싫어한다고 말합니다. 한 무리의 사람들과 더 많은 무리의 사람들이 있다고요. 저도 휴일의 놀이공원, 쇼핑몰, 마트, 명절의 시장을 싫어합니다.

아이들이 좋아하니까 놀이공원에 가긴 가야 합니다. 아이들이 즐거워하는 모습을 보는 것이 저의 즐거움이기도 하니까요. 사람 많은 날은 피해야 하니 고심하여 어느 가을날 평일을 디데이로 잡았습니다. 아이 둘을 데리고(막내는 어린이집에 놓고) 야심 차게 놀이공원에 갔습니다. 도착하니 인산인해였습니다. 이제까지 놀이공원에 그렇게 사람이 많은 것은 처음 보았습니다. 그날은 안타깝게도 중·고등학생들의 현장학습 일이었습니다.

친구도 많지 않고 마땅히 놀 사람이나 뭐 같이 하자고 할 사람도 없습니다. 외로울 때도 있지만 괜찮습니다. 저는 뭐든 혼자 하는 게 편하고 좋습니다. 어렸을 때는 애써 무리에 섞이려고 하고 약속을 만들어 밖에 나가고 그랬거든요. 그런데 아이를 키우면서 사람을 별로 만나지 않게 되니 저는 그게 참 편했습니다. 어떤 사람들은 친구랑 놀고 싶고 밖에 나가고 싶다던데 저는 그런 게 거의 없었어요. 그냥 집에서 라디오나 팟캐스트 듣고 책 읽는 게 좋았습니다.

누구를 만나면 마주 앉는 것보다 나란히 앉는 것이 좋습니다. 마주 앉아 상대를 정면으로 바라보는 것은 영 부담스럽거든요. 친구도 그렇습니다. 심지어 남편도요. 그런데 이런 장면이 〈나의 해방일지〉라는 드라마에 나왔어요. 어찌나 기쁘던지요. 내가 생각하던 장면이 드라마에 나온 겁니다!

주인공 염미정이 다니는 회사에서는 동아리를 만들어 친목을 다지고 자기 계발을 하라고 합니다. 그녀는 그게 불편합니다. 왜 해야 하는지도 잘 모르겠고요. 그런 사람이 둘 더 있었습니다. 버티고 버티던 세 사람이 결국 동아리를 만들고 그들 셋은 카페 창밖을 바라보며 나란히 앉습니다. 자꾸 모여서 뭘 하라고 하는 것이나 단체로 으쌰 으쌰 하는 것이 어색한 저도 아마 저 동아리에 들어가 있었을 것 같습니다.

저는 스무 살 전까지 제가 외향적인 사람인 줄 알았습니다(당시 일기를 보니 그렇게 쓰여 있네요). 제가 내성적인 사람이란 걸 알게 된 건 스무 살이 넘어서였어요. 저 같은 성향을 '개인주의'라고 한다는 것도 30대 넘어서 알았습니다. 초등학교 때는 외향적인 것이 좋은 줄로만 알았어요. 엄마 핑계를 대자면, 엄마는 항상 "활달하게, 자기주장을 해야 돼."라고 하셨습니다. 본인이 그러지 못하시니 자식들은 다르기를 원하셨던 것 같아요. 저는 그게 좋은 줄로만 알았습니다. 엄마가 그렇게 말씀하시니 엄마 마음에 들고 싶었습니다. 그래서 나서기 싫었는데 나댄 적도 있습니다. 물론 저도 주목받고 싶을 때가 있어요. 내가 잘하고 좋아하는 것을 보여주고 싶을 때 저는 '관심종자'입니다. 그런데 인정받는 건 좋지만 주목받는 건 당황스러워요(뭔 소린가 싶지만 아무튼 그렇습니다).

에비스 요시카즈라는 작가의 『언제까지나 내성적으로 살겠다』라는 책이 있습니다. 제목이 마음에 들어서 당장 읽어봤어요. 이 책은 읽은 지 7년쯤 되었습니다. 지금도 구구절절 공감합니다. 비슷한 것도 아니고 저와 똑같이 생각하는 것들이 많아서 놀랍고 반가웠습니다. 이렇게 솔직하게 자신의 성향을 써놓았다니 저자에게 고마움까지 느낍니다.

저자는 친구를 중요하게 생각하는 분위기에 오래전부터 위화감을 가지고 있었다고 합니다. 저자 자신이 예전부터 외톨이였고 친구 같은 것은 전혀 없었대요. 그런데 그게 뭐 어떠냐는 거예요. 우리는 친구가 많으면 좋은 사람이라고, 사회생활 잘 한다고 하지요. 어떤 사람을 욕하고 싶을 때 '그러니까 친구가 없지.'라고 빈정거립니다. 그런데 저자는 그게 뭐 어떠냐고 당당하게 말하는 것이지요. 저도 같은 입장에서 통쾌함을 느꼈습니다.

사실 저는 음식을 여러 개 시켜 나눠 먹는 것이나, 큰 그릇에 나오는 음식을 별로 좋아하지 않습니다. 멀리 있는 접시까지 팔을 뻗어 음식을 가져오는 것도 불편하고 네 젓가락, 내 젓가락 닿는 것도 별로입니다. 그런데 여러 사람과 어울리다 보면 어쩔 수 없을 때가 많아서 그냥 같이 먹습니다. 이 책의 저자 역시 그렇대요. 실례가 되는 말인지는 모르겠지만 누군가가 젓가락을 댄 음식을 먹는 것, 큰 접시에 나오는 음식을 먹는 것이 불편하다고 합니다.

더 불편한 것은 모두가 모여 이러쿵저러쿵 늘어지게 말하는 것이라고 합니다. 저도 그렇거든요. 음식은 간단히 먹고 일어나는 게 좋습니다. 이야기를 하고 싶으면 걷거나 차 한잔하면 되지 않나 싶어요. 거하게 음식을 차려 놓고 쓸데없이 이 얘기 저 얘기 하다가 결국에는 남 욕으로 끝을 맺거나 하지 않았으면 좋았을 말을 하게 됩니다.

개인주의자들의 큰 특징 중에 하나가 무리에 섞여 다니는 것을 싫어하는 것입니다. 고등학교 때 일곱 명이나 되는 친구들이 다 같이 팔짱을 끼고 길을 걸으면 저는 그 무리에서 빠져나와 혼자 걸었습니다. 친구들이 이쪽으로 오라고 하면 나는 괜찮다고 했습니다. 그러면 친구들은 "쟤는 똘끼가 있어."라고 했지요.

저를 챙겨주는 친구들에게 고맙습니다. 그러나 저는 단체로 몰려다니는 것이 편치 않습니다. 게다가 그룹을 만들어 세를 과시하며 큰 소리로 말하고 웃고 떠드는 것은 부끄럽습니다. 어쩌다 그런 그룹에 속하게 되면 나는 투명인간이라고 생각하며 가만히 있습니다. 그룹을 만들면 자연적으로 남을 배척하게 됩니다. 그 안에서 서열이나 따돌림을 만들 수도 있고요. 이 책의 저자도 정확히 그런 말을 하고 있어. 사람들이 그룹을 만들게 되면 자기들의 그룹에 속해 있지 않은 누군가를 따돌리고 멤버의 결속을 다지는 경향이 있다고요.

개인주의자라고 하면 차가운 아웃사이더 느낌이 날 수도 있을 것 같아요. 그런 면도 있지요. 하지만 개인주의자란 개인의 자유와 사생활을 좀 더 중요시하고 남에게 피해 주는 것을 싫어하는 사람입니다. 개인의 자유가 중요하니 남의 자유도 중요합니다. 그래서 배려도 잘합니다. 알고 보면 '츤데레'라고 할까요.

요시카즈는 한편으로 이렇게 말합니다. 당신의 지금 이대로 괜찮다고요. 자기 자신에 대해 흔들리지 않고 살아간다면 분명 언젠가 주변에서도 인정해 주는 날이 온다고요. 본인의 인생이 정말로 그랬기에 확실하게 말할 수 있다고 합니다.

"생각한 것을 실천에 옮기는 일. 그때야말로 살아가면서 가장 즐겁고 행복해지는 순간이 아닐까 합니다."

— 에비스 요시카즈, 강한나 옮김, 『언제까지나 내성적으로 살겠다』
(브레인스토어) 중에서

제가 관심을 가지고 재미있게 읽었던 책의 작가들도 내향인이거나 개인주의자들이었습니다. 여행을 별로 좋아하지 않는 작가도 있습니다. 한때는 '여행을 가야만 세상을 좀 아는 자! 멋있는 자!'라는 분위기가 있었습니다(지금도 그런 분위기가 없는 건 아닌 것 같습니다). 저는 여행 가는 걸 싫어하지는 않지만 굳이 가고 싶지는 않더라고요. 여행을 좋아하지 않고 집에만 있는 제가 문제가 있나 했었습니다. 그런데 작가들 중에 저랑 비슷한 사람들이 있었습니다. 유레카를 외치고 싶은 기분이었어요.

팟캐스트 〈책, 이게 뭐라고?!〉를 진행했던 장강명 작가, 『오늘 뭐 먹지?』의 권여선 작가도 여행을 별로 즐기지 않는다고 합니다. 권여선 작가는 집구석에서 자유롭지 않은 사람들이 긴 연휴 동안 집구석을 떠나 어디로든 여행을 가려고 하는 것 같다고 합니다. 하지만 그녀는 방구석에서 이미 자유롭기 때문에 굳이 여행 갈 필요를 못 느낀대요.

내가 잘못된 건가 싶었던 성향을 당당히 드러내고 책을 쓴 사람들이 있었던 거예요. 내가 잘못된 것이 아니었습니다. 그냥 나의 취향이자 성향일 뿐이었습니다. 사람이 다 다르다는 것, 다르다는 것을 인정하고 내 성격대로 살면 되는 것이더라고요.

아이를 키우면서 '그럴 수도 있지.'라는 생각을 많이 하게 되는데요. 나 스스로에게도 '그럴 수도 있지.'가 적용되니 남에게 피해만 주지 않는다면 남 눈치 보지 않고, 무리에 섞이지 않고, 내가 하고 싶은 대로 해도 괜찮은 것이었습니다.

나오며

올해 초여름 이 글을 쓰기 시작했습니다. 제가 글을 쓰는 동안 이 책에 자주 등장하는 저의 친밀한 빌런 첫째는 예중 입시를 향해 달리고 있었습니다. 우리는 따로, 또 같이 목표를 향해 가고 있었지요.

아이는 고맙게도 예중에 합격해 주었습니다. 이제 진짜 시작입니다. 앞으로 고난의 행군이 이어질지 모릅니다. 그래도 역시 걱정은 미뤄두고 오늘 하루 나에게 주어진 것에 감사하며 그 어려움을 기꺼이 감당해야 할 것입니다.

지난 몇 달 동안 글을 쓰고 다듬는 것에 몰입했습니다. 잠깐 앉아 있었던 것 같은데 3시간이 훌쩍 지나 있는 신비로운 경험을 거의 매일 했습니다. 그 몰입의 시간을 저는 가장 좋아합니다.

초보 작가인 저에게 출간의 기회를 주신 미다스북스의 임종익 본부장님, 부족한 글을 출간할 수 있는 수준으로 끌어올려 주신 이다경 편집장님께 감사드립니다.

엄마가 책상에 앉아 글을 쓸 수 있도록 동생들 밥을 차려준 첫째, 자기들끼리 몇 시간이고 신나게 놀아준 둘째와 셋째, 특별히 잘하는 게 없는데도 큰소리만 치는 아내를 한결같이 지켜봐 주는 남편에게 감사합니다. 40대 여자가 쓰는, 흔한 에세이를 끝까지 읽어주신 독자님께 감사드립니다. 비록 냄비받침으로 쓰일지라도 이 책을 손에 쥐어주신 것만으로 저에게는 큰 힘이 됩니다.

답답하기만 했던 고민의 날들이 이 글을 쓰는 바탕이 되었습니다. 앞으로도 힘든 일들이 있겠지만 그 힘든 일들이 글의 소재가 되고 글을 쓰는 동력이 되어 줄 것입니다.

어려운 환경에서 아이를 키우거나 아이를 넷, 다섯, 그 이상 키우는 분들도 계십니다. 그분들께 경의를 표합니다.

2023년 10월 중순, 자기만의 방에서,
채승희